跨度小说文库
Kuadu Fiction Series

跨度小说文库
Kuadu Fiction Series

何时梅开

王 英／著

中国文史出版社

目　录

序

颜士富①

"莫道桑榆晚，为霞尚满天。"

王英出道较晚，是大器晚成的人。

王英是中学英语教师。在即将退休的时候喜欢捉笔弄文，先散文，后小说，一发不可收。王英进步很快，短短几年时间，凭实力，先后加入中国微型小说学会和江苏省作家协会，成长为一名真正的作家。

然而，王英常常叹息自己年轻的时候没有爱上文学。

有人说，出名要趁早。

我以为，这是伪命题。

现在很多文学活动强调年龄，限制一些所谓年龄大的作家参

<hr>

① 颜士富，中国作家协会会员，中国微型小说学会常务理事、副秘书长，宿迁市作协副主席，泗阳县作协主席。文学创作三级。迄今在《人民日报》《安徽文学》《百花洲》等百种报刊上发表过微型小说，其中有些被《小说选刊》《小小说选刊》《微型小说选刊》等刊物转载。作品入选《中国微型小说名家名作百年经典》《新中国 70 年微小说精选》《中国当代微小说 300 篇》《世纪微小说精选 100 篇》等选本。参与编撰《过目不忘 50 则进入中考高考的微型小说》《中国微型小说读库》系列丛书。著有微型小说集《足迹》《1938 年的鱼》等七部。获首届吴承恩文学奖、江苏大众文学奖、世界华语微型小说奖、首届江苏文学内刊十佳优秀编辑奖等。

加。我不以为然，年轻人的社会阅历浅，世界观和人生观都不够成熟，对文学的驾驭能力尚欠缺。首先说明一点，我不是排斥年轻人。在文学界，40~60岁正是文学创作的成熟期。陈忠实创作《白鹿原》时已近天命之年；茅盾文学奖得主，几乎没有年轻人；金庸加入中国作协的时候已经80多岁了。我絮絮叨叨说了这些，就是想表明一个观念，做一名作家不是年龄的问题。

王英是勤奋的，几年来创作了很多小说，在《金山》《佛山文艺》《青春》《连云港文学》《参花》《青年文学家》《短小说》《楚苑》《东昌月刊》《六合文艺》《林中凤凰》《歌风台》《宿豫文艺》《宿迁晚报》《骆马湖文学》等报刊上发表。现结集出版，这些小说我都读过，有中篇小说，也有短篇小说。这些小说表现的是农村中的女性小人物，讲述她们在婚恋、家庭、创业等方面的故事，反映现实生活，鞭笞假恶丑，弘扬真善美，是一些不错的农村题材小说。小说语言朴实，故事情节有可读性。下面从这几篇小说入手，谈谈我的感受。

《何时梅开》是一部大中篇小说，也是一篇反家暴的情感佳作。小说通过讲述主人公蔡梅的不幸遭遇，揭露了家暴给她带来的劫难。蔡梅与陈珂自由恋爱，可随着社会的发展，传统观念的改变，人们对道德标准的认识也发生了变化。陈珂在金钱与美色的冲击下，投入了靓丽美女小华的怀抱，背叛了结发妻子蔡梅，并对她实施残忍的家暴，致使她年纪轻轻就中风了，右手不能拿笔。在感情破裂、百病交加、生活困难的严酷现实面前，蔡梅没有倒下，她左手拿笔教书，顶住各方压力，顽强地生存下来，而陈珂却在市场竞争中破产了，美女小华也与温州老板双宿双飞。此时，梅花开了，蔡梅迎来了新生。

《女人》这篇小说是描写主人公楚云与闺密李晴各自的情感

故事。楚云的丈夫喜新厌旧，在外偷腥。楚云由于常受到丈夫的冷暴力，三十多岁就子宫萎缩，找做医生的闺密李晴倾诉自己的不幸。楚云在李晴的安慰疏导下，渐渐地想开了，身体也恢复了。可她去看望李晴时得知，李晴正在医院里被抢救。原来，李晴也与楚云有同样的遭遇，她的家庭将要破裂了。两个女人的命运，折射出当今社会金钱对道德的冲击，值得每一个人警醒。

《孙瘸子》里的剃头匠孙瘸子虽然是位残疾人，却有一颗善良的心。在没有亲缘关系的刘二和二嫂之间，他是一位完美的男人。刘二因在河工上干活儿破伤风而死。孙瘸子对刘二家的四个孩子视同己出，处处帮二嫂这位年轻的寡妇排忧解难，而二嫂以身相报时，他又以"朋友妻不可欺"这古老的道德标准守住了底线。古老的民风，造就了善良的百姓，孙瘸子就是其中的一个缩影。

《你画的熏烧肉有猪毛》这篇小说针对应试教育提出了思考。作为老师，对学校的学困生，本应以关怀和信任的态度去教育和管理，但有的老师却与其产生敌意和矛盾，戴着有色眼镜看待他们。结果是，这些学生走向社会，在创业上取得了成功，而原本成绩好的一对金童玉女却让人失望。作品还原现实，催人思考，给人警示。

总的来说，王英的小说时代感较强，从文学创作的角度来看这是对的。文学就是要与时代同频共振，这样读者在若干年后重读这些小说的时候，还能呼吸到当年的气息。我想，这就是文学应该有的样子。

希望王英在今后的创作中加强语言修炼，深入生活，扎根人民，用人民喜闻乐见的优秀作品，讲好家乡故事！

是为序。

何时梅开

一

美丽的泗县文化馆，人头攒动，正在举行规模空前的字画展。看字画的人聚集在一幅李清照《一剪梅·红藕香残玉簟秋》的小楷条幅前。"哎呀，啧啧，这幅小楷真是刚柔并济，风骨独特!"人们赞不绝口，但是没有几个人知道，更不可能相信，它出自一个女人的左手!

女人名叫梅，出生在洪泽湖畔的蔡庄。父母是老实的庄稼人，像中国亿万朴实的农民一样，用勤劳和汗水养家过日子。"蔡大个子"是庄上人送梅父亲的外号，不少年轻人，还真不知他的大名。他个头不足一米七，在那贫瘠斑霉的年月里，为了多苦（挣）工分，练就了一身力气，生产队里的重活都由他来扛。他说话巷口扛木头——直来直去，稍不如意两眼就瞪得像牛蛋，脸红脖粗地骂爹骂娘。一阵羊二疯（羊角风）发过，天下太平，没事人一样。

二十世纪七十年代的农村，农业技术落后，农民是面朝黄土背朝天，日出而作，日落而息。农田靠牛耕作，牛慢沓沓地拉着

1

木犁耙，在一望无际的田野里来回穿梭。扒河、打堆靠独轮车，独轮车上放着柳条编的筐，一人推，一人在车头扣上绳子拽；还有的用扁担、布兜抬，全靠人力完成。每年入冬后，湖水、河水退了，是扒河、修渠、固坝的好时间。

西北风吹得大地像一丝不挂的裸体，洪泽湖边修堤坝大军却如潮涌，大冬天的，人们汗流浃背。蔡大个子一人一车，从湖底把一筐黄土沿着湖坡推了上来，"喂喂，社员们请注意，这个，我们要牢记毛主席的话，啊，一不怕苦，二不怕死，是吧！蔡庄蔡大个子就是我们学习的榜样，啊……"带工队长正在扩音喇叭里声嘶力竭地表扬蔡大个子。

其实，蔡庄有一真正的高个子叫大吊瓜，说起话来没大声，阴阳怪气像太监，走起路来歪着头，撇着嘴，干活儿时软不啦唧不出力。这年修坝，他和蔡大个子分在一组。蔡大个子看不惯大吊瓜偷懒，因为大吊瓜平时在农业社里做活，不是拉屎就是尿尿地消磨时间，人们都说大吊瓜是"懒牛上场尿屎多"。

一天上午，大吊瓜又弯着腰，两手捂着肚子装肚疼去拉屎。蔡大个子心想：这大吊瓜，又出鬼偷懒了，老子今天要叫他认识我。他放下独轮车，轻手轻脚来到大吊瓜跟前，一看他光着腚蹲在一堆驴屎蛋上。蔡大个子骂道："懒东西，我看你真的拉屎还是干吗呢！"骂着就一把拎起大吊瓜，看到大吊瓜腚下只有驴屎，哼了一声，质问他："这是你拉的屎吗？"

大吊瓜哭丧着脸说："人一累，什么屎不拉呀？"蔡大个子一听，火冒三丈，把大吊瓜摁在地上，又像拾起一捆草，把大吊瓜扛在肩上，往队长跟前走去。

大吊瓜倒挂着头，用手捶着蔡大个子的背骂："你他妈把我放下来！"白粗布里子大腰裤挂在大吊瓜一只脚脖子上，随着蔡大个子一跳一纵地跑，就像日本人举起的战败旗。

到队长面前，蔡大个子又把大吊瓜摁在地上，骑在大吊瓜身上，扒开吊瓜的腚说："队长你看这狗日的又偷懒了，他屁眼儿一点儿屎也没有，蹲在驴屎上装鬼。"

其他社员都围拥过来看热闹，你一句我一句地骂大吊瓜。

队长吆五喝六地说："你长这么高个子，有他妈什么用？大家都累得七死八活的，你他妈也好意思去偷懒！你再偷懒，罚你一人推十车泥！"

大吊瓜歪着脖子，苦着脸鬼响："我好意的啊，我就没劲干活儿！"

队长拿他也没法子，看他光着腚，仰八叉斜坐地上那样子，又好气又好笑地说："你看看你这熊样子，和大吊瓜一死相。"

四周看热闹的起哄说："真的像，大吊瓜！乖！这大吊瓜还是个稀罕物……"

大家你一言我一语地闹腾着。队长绷着菊花脸吆喝："散了散了，上工！"又吆喝大吊瓜："你还不死起来把裤子穿好，正好冻着，又去拉屎？你他妈就是一大吊瓜。你看人家老蔡，一人上土，一人推，从来没休息过。你他妈个子再高，也不如老蔡形象高大。"

就这样梅父得了个"蔡大个子"绰号，"大吊瓜"也就随之闻名了。

二

梅的母亲虽然目不识丁，倒也是居家过日子的好手，针线茶饭样样不落，家里收拾得整齐有序，鸡鸭猫狗样样齐全。虽说那时物资匮乏，但他们勤劳，日子过得还算殷实。她和蔡大个子生育三儿一女，大儿子已经成家立户单独过日子，二儿子和三儿子也都大了，能苦工分了，吃闲饭的就小闺女梅子了。

梅七岁那年，过了小年，天气还冷，蔡大个子风寒感冒从年尾一直咳嗽到新年，都两三月了也没见好。

医生说："青霉素治疗上呼吸道感染效果最好。"那时农村医药紧缺，地方公社医院没有青霉素，而去一趟县城，比起现在去趟南京、上海还难，农村家里要是有辆自行车，大伙儿就咂嘴说："乖乖，这家来劲啊。"人们都投去羡慕的眼光。

县城还隔着大运河，运河上只有一座浮桥，像犹抱琵琶半遮面的女人。赶集要是碰到过船绞桥，更是千呼万唤才出来，要等好长时间，所以人们上县城都要早起赶路。

二月二龙抬头，眼看着就要有农活儿了，蔡大个子没日没夜地咳嗽，咳得梅妈心急火燎。她只有辛苦自己的双脚了。

天际还显朦胧，她就起床，烧好了早饭，自己胡乱吃了一点儿就出门了。足下如生风，两腿像两条烧火棍不停地向前拨动着，到了浮桥头，刚要上桥，还真的碰上绞桥了。快到晌午了，浮桥才拉好，她到了县城医院。这时她小肚子胀胀的，有些内急，县城里哪能像在农村，内急时，找屋后墙角、树林、玉米秆丛遮着就能方便一下，可眼下是众目睽睽的医院里！自己不识字，医院各室都有门，门上有字，人出出进进的，也不知道厕所在哪里。

她东张西望，看到一妇女，就上前问了一下："大姐，哪里有茅厕？"那女人哭丧着脸，用手向西一指，嘴巴活动一下，梅妈根本没听清楚她说什么，就向那女人手指的方向去了。她闻到一股臊味，断定是茅厕了，由于内急，迫不及待地蹿了进去。

4

刚要脱裤子，被一声"嗨"吓了一跳，抬头一看，一男人手拿草纸，脸红脖粗地龇着牙。她急忙跑出来，心里想：这城里就他奶奶的怪，还有男女厕所，老娘在家想在哪儿尿就在哪儿尿，他奶奶骷髅盖子的，先碰到死女人的苦瓜脸，这又碰到一龇牙鬼，真他奶的晦气……这时，一身白大褂的女护士从对面的女卫生间出来，看到她像内急的样子，就说："大娘，这边是女厕所，你进去。"她也没来得及说谢谢就跑进去了。方便后如释重负。梅妈排了好长时间的队，才买到了药，已是午饭时分了，她到茶棚摊，买了一碗开水，泡把馍子，吃完急忙往回赶。一路上，她想着自己进错厕所的尴尬，心里发狠说，再穷也要让闺女梅上学识字，不然进了城连厕所都找不着。

傍晚鸡鸭进圈时梅妈才到了家。晚饭后，梅妈收拾停当才上了床，蔡大个子吃了药，已经鼾声震天了。她睡在蔡大个子脚头，翻来覆去睡不着，就把老伴踹醒。蔡大个子鬼响一声："你上一趟城里，心里麻慌啦？"梅妈就爬到老头子这头，把进城因为不识字走错厕所的事说给他听。蔡大个了听完说："哎呀！我说甚事呢。三个儿子，把尿把屎的，洗屁股的，你一老女人甚没见过啊？走错就出来呗，那人家又认不得你。"说着又蒙头睡了。

她又推了一下老伴，蔡大个子不耐烦地说："你心难受啦！有话快说，有屁快放，老子要睡觉了。"梅妈说："你看我不就是因为不识字吗？那茅厕门口都有字的，我要是识字，哪能呢？我们就梅子这一闺女，得让她去念书识字，不然明儿个跟我一样，连男女厕所都不认识。"

蔡大个子一听要让梅去读书，他像马蜂锥一样，坐起来骂："你他妈半夜哭老太，想起一出是一出，丫头片子，赔钱货，长大了人家人，念甚书？三小子都没念，还在她身上花这冤枉钱，你看前后三庄哪家小丫头子念书的？不念！"说完又卧倒睡了。

梅妈生气地说："怎么我们家过日子非要看人家呢？小丫头子念书识字有甚坏处，就不说找到厕所吧，明儿个出门了，过日子，识点字也能上街下县买卖会算账吧？"

蔡大个子把头从被窝里伸出来说："你要不把人叨咕死了，你是不会算的。你要给她念就随你吧！"梅妈听了老伴这一说，没吭声又爬到蔡大个脚头睡觉了。

秋高气爽，天高云淡，梅扎着两个刷把辫子，一蹦一跳，每天背着她妈用毛巾缝制的书包，和男孩子一样开始识文断字了。梅聪敏，在学校学习成绩一直优秀，每学期都是三好生。五年小学一晃而过。蔡大个子对梅说："下学期，丫头你就不要再念书了，能认得眼前字，识双数就行了，下来帮做活儿苦工分。"

梅嘴噘得能拴牛，说："我念得好好的，还想念书。"

蔡大个子虎着脸说："念什么念，长大也是人家人。"

梅吓得不敢吭声，躲墙角里偷哭。

转眼到了九月一日，梅看着小伙伴背着书包上学，自己不能去，心里好难过。到中饭时，她妈也找不到她人影。躲在屋后的棉花地里的梅还是被三哥找回了家。她妈问："梅啊，你还想上学？"

梅点点头。

她妈说："你这死丫头，有话就不能说吗？你就知道憋屁不吱声，要不就是号！你明儿个到人家那儿也是受罪鬼！"

梅委屈地说："你看我大那个吃人样子，我哪里敢说！"她正说着，看见她大从外面回来，吓得连忙用手捂着嘴巴……

中饭后，她妈妈望她递过去个眼色，梅像出了笼子的兔子，

6

连蹦带跳，撒欢一般奔向学校。这学就一直上到高中毕业。

…………

三

风华正茂的梅，瀑布一般的黑发，标准的瓜子脸，一双水灵的大眼睛能说话，细嫩的皮肤，红红的脸腮，鲜嫩欲滴。那年高考落榜后，梅便走上了天底下最光辉的教育岗位，成为一名民办教师。后来遇到她生命中最重要的一个人——陈珂。

一个年代的人有一个年代的苦恼。那个年代的知识青年响应党的号召，走上山下乡的道路。陈珂父母是南京机械厂工人，兄妹两个，妹妹未成年，只有他插队到了蔡庄。他和梅的二哥同年，刚到蔡庄时，住在生产队房子里，晚上经常被老鼠吓得睡不着觉。梅二哥经常在队房里看场，便和他熟悉了。

有人做伴，时间长了，陈珂也就习惯了。最让他一时二时不习惯的是一天三顿饭。农村做饭的是土坯垒砌的、没有烟囱的闷灶锅，烧庄稼的秸秆和树枝做饭，一烧火做饭，满屋是烟，那烟熏得人眼泪鼻涕流的，一个城里长大的孩子，哪里受过这样的罪？他经常怕烟熏，就不做饭吃，挨饿。

梅妈也是心地善良的人，看到和自己儿子一般大的孩子离开父母，一人来到了农村，心中的母爱油然而生，就叫梅二哥把陈珂叫到家里吃饭。陈珂喜欢吃面，尤其是梅妈的手擀面，劲道好吃。每次梅家做面，梅妈都会差遣二儿子把陈珂叫来一起吃面。陈珂端着盛满面条的碗，用筷子挑起面条，吸溜吸溜就进肚子里了。梅妈看着他的吃相，笑着说："小陈，你慢点吃，锅里给你留着呢。"

陈珂有点不好意思地说："我吃饭就是快！"

梅妈就拍拍陈珂肩膀说："男子吃饭赛如虎，女子吃饭赛如鼠嘛，就要有大男人的样子。没事，你要喜欢吃大娘做的面，大娘家吃面条了，就叫你。"

陈珂心里暖洋洋的，仿佛自己的母亲就在身旁。

陈珂长得很帅气，也算是多才多艺的人，写得一手好毛笔字，会拉二胡、吹口琴。学校缺音乐老师，村里便安排陈珂到学校做代课教师，他的一天三顿饭就有了着落。他和梅成了同事。他们本身就特别熟悉，现在又在一起工作，沟通交流更是方便。梅喜欢黄梅小调，也喜欢书法，他们一起欣赏音乐，切磋书法。陈珂在二胡独奏一曲《北国之春》后问："梅，好听吗？"梅听得如痴如醉，半天才回过神说："太好听了。"说过之后，红晕满腮，如一朵含苞待放的桃花。

那时候偏僻的乡村中学，都是当地的老师多，年岁相差较大，有的都是陈珂和梅的父辈年龄。他们的到来给学校增添了许多活力。特别是陈珂，下午课外活动时，用口琴吹奏邓丽君的《高山青》、蒋大为的《北国之春》，老师们边欣赏着边竖起大拇指夸："陈珂多才多艺。"梅听到夸赞声，总是低头不语；偶尔抬头，脸上露出绯红盈盈的微笑，心中却荡漾起层层涟漪。陈珂总会找出一些冠冕堂皇的理由拖着梅迟回家，来满足自己的"小心思"。

百花与小草在春风中，演绎着美丽与烂漫。公社里放映电影《小花》。陈珂偷偷地对梅说："公社里今晚放电影，叫《小花》，很好看，我们一起去，好不好？"梅先是犹豫，后来羞羞答答地搓着辫梢说："我回去和妈妈说说看。"莞尔一笑地跑开了。

晚饭后，她妈在锅屋刷锅碗，她大去队场喂牛。她一看她大出门，伸伸舌头悄悄地对她妈说："妈！街上放电影，好看，我想去!"

她妈说："你一个丫头片子，黑灯瞎火的，乱充甚军？不准去!"

梅拽拽她妈的衣角撒娇说："妈！人家想去嘛！妈！我又不是小孩子了，学校老师都去的，大表哥也去!"

梅妈知道这是远房外甥，是学校校长。她愣了半天说："你去啊，要是你老子知道了，一顿骂少不了!"梅一听做了鬼脸，又亲了她妈一口，拿起手电筒出去了。

陈珂早已在庄子头的路上等着。一看梅来，心里踏实了，两人趁着蒙蒙的夜色，有说有笑地去看电影。回来时，陈珂拉着梅的手，梅子羞涩地低着头，把手指头放在嘴里咬着指甲。陈珂借着暗淡的月色，望着梅，他明亮的目光是那样明晰，撩动起梅那心底最柔软的一角，如适逢二月的小雨，丝丝绵绵，氤氲弥漫，朦朦胧胧。她突然抽回手，轻声慢语地说："不要这样嘛，让人看见不好。"

慢慢地，梅喜欢陈珂这样拉着自己的手，在原野上奔跑，在林子里自由自在地捉昆虫，要么就是在夕阳西下时，坐在树下听听陈珂的口琴和二胡声，隐藏在内心深处的情愫不断地升华，两个人双双坠入了爱河。

那时候的年轻人不像现在，大胆地爱，爱得从容，爱得淋漓尽致。他们的爱是含蓄和羞涩的，黄昏的芦苇荡里有他们幽会的身影，也留下他们耳鬓厮磨的气息和亲吻拥抱的热流……

四

芦苇借助春势已经长出长长的叶子，满眼碧绿，清香悠悠，沁人肺腑。溪流哗哗，仿佛是情意绵绵的絮语。

他俩又来到了湖边，陈珂拉着梅的手，在芦苇荡里不紧不慢地逛着。总会有成双成对的鸟被他们惊起。陈珂把梅的手放在嘴边亲吻，看着梅羞涩绯红的脸，心中荡漾起激情的浪花，以闪电般的速度把梅拥入怀中，亲吻着梅火热的唇。梅浑身像一股电流穿过，酥软地躺在陈珂宽厚的怀里，任陈珂吻着。梅那对雪白香柔紧贴陈珂的胸口，他把头埋在梅的香胸里……梅继而陶醉，初潮涌动，恐慌着，颤抖地说："我怕！"

陈珂呼吸急促，紧搂着梅，天做房，地当床，芦苇做幔帐……那芦苇叶上一滴殷红像初绽的梅花，这是梅最美丽的青春之花向陈珂开放了！

桃树上挂满了毛茸茸的青色小桃，像一个个刚出生不久的婴儿。院子里的石榴花火红得像一团团燃烧的火焰，麦子金黄灿灿。学校放了麦忙假，学生都回去帮助家长农忙了。陈珂无处可去，只能一人留在学校里。而梅却遇到了意外。

早上起床就"嗷嗷"地恶心，她妈妈问："梅啊，你怎么啦？"

她说："不知道，一刷牙就想吐，又吐不出，干呕难受呢。"

她妈看到她整天像吃了烟袋油，周身没劲，整天嗜睡，心里嘀咕："这死丫头哪里不对劲呢？"她妈问她原因，她只是说："不知道。"她妈是过来之人，越想越不对劲，就没去地里干活儿，问她："丫头，你给妈说实话，你到底怎么了？"

其实那时候的人对这方面还是傻乎乎的，梅根本没想到那次在芦苇荡里的一次欢愉就能怀孕。梅还是说不知道，就是想吐、想睡。

那时候物资缺乏，能吃饱就不错了，不像现在商店里有什么棉柔的、超薄的、亲肤的、日用的、超长的等各式各样的卫生用品，女人来了例假，就只是用粗草纸放在两头缝有带子的薄橡胶带上，既不卫生也不舒服。

梅妈可是个细心人。家里六口人，就她和女儿是女人。她自己已经绝经了，女儿的月事她都有数，这一段时间好像没有看到茅坑里有女儿月事用过的草纸，也没看到女儿洗卫生带。难道女儿出了问题？

她心里琢磨着：今天我无论如何也要知道实情。她再也搂不住火，顺手拿过捶衣棍，指着梅说："你这骚丫头，在外面作了什么恶？不说出来，我、我今天就、就砸死你！"说着就要打。

梅只好老实交代了。她妈虽然不识字，但已经不是大喜大悲的年纪了，况且发火也不能解决问题，只是跺着脚，朝着梅的头脑瓜子使劲点着说："你这个活死人，有多长时间没来啦？"

"好像有四五十天了。"

"反正你跟过那兔崽子了，你就嫁给他吧！他一独和尚，没家没道的，有福你享，有罪你受，你别怨大人。"梅妈撂下这一句不咸不淡的话就出了门。

梅这时候更觉得无地自容，后悔自己那天怎么就……一串串为难的泪顺着腮流进嘴里，那种初情的余温一次次涌出，所以泪也是甜的，恨不能自己一下子就嫁给陈珂，一个人在屋里不停地自言自语："陈珂，我怀孕了，你说怎么办啊……"

到了地里，蔡大个正在用犁耕麦茬地。梅妈站在地头向老伴招手，蔡大个把手里活儿放下，到地头树荫下，用袖子擦了一把头上的汗，拿出烟袋锅装上烟叶，叼在嘴里，扑哧划着火柴点着，坐在田埂上吧嗒吧嗒地吸着，被烟呛得不住咳嗽，用手擦眼上咳出的泪，喝了一口水。梅妈凑到老头子跟前唉声叹气地坐下。

大个子就问："怎的？好好的叹什么气？"

梅妈说："女大不中留啊，留来留去是冤愁！这死丫头和学校那个下放的苦鬼好上了，都有了。"

蔡大个一听，就像屁股被蝎子蜇了一般，一跃而起，飞起一脚把梅妈踹掉沟里，骂道："都是你养的好闺女，不给老子苦钱，还他妈的给老子丢人，我把这不要脸的赔钱货砸死算了！"说着就往家跑去，要去打梅。

梅妈从沟里爬上来，一把拽住说："哎呀，这事又不是我们家的闺女头一个，前庄上的二丫头去年跟人跑了，不也这样过了吗？"

蔡大个子就像泄了气的皮球瘫在地上，手一摆："随你吧，我看你怎办！"

梅妈说："还能怎办？结婚呗！"

五

说起二丫头，她就是大吊瓜的二闺女，和梅同年，但二丫的童年没有梅的好过，因为她老子大吊瓜不如梅的父亲勤劳。自从那年扒河出了偷懒名后，农业社里分工做农活儿，没有人要他，所以他苦不到大工分，只能做点杂活儿。二丫妈一顺胎生了四个丫头，每当女人生一女婴时，大吊瓜就歪着头，嘴里骂骂咧咧的，怨女人肚子不争气。女人一听到大吊瓜这话，就气急败坏地骂："你个没用的东西，你就会下丫头种，我他妈不生丫头能生出啥？"骂着就哭起来。

女人月子里不能流泪，流泪会见风淌眼泪。所以二丫妈就落

12

下这病根子，一到外面就眼泪哗哗地流，像是遭难一样，后面没有很好地治疗，就成了风泪眼，影响做农活儿，她家的日子过得紧巴巴的。

二丫很小就拾草、拾粪苦工分，稍大了就和大人一样，抬泥、挑粪、收麦、锄地。脸被风吹日晒得像一颗黑煤球，一双细嫩的手被磨出了粗皮老茧，两条腿像小树段一样粗实实的，走起路屁股一跛一跛的，活像一只肥鸭被人撵着。

眼看闺女都长大了，大吊瓜没本事苦工分，就指望着四个闺女找婆家给他赚点烟酒钱。二丫整天不住手脚地忙，看着和自己一般大的梅有大、妈疼着，从不下湖干粗活儿，只是帮着做做家务，整天风不打头雨不打脸，上学识字，心里好羡慕！小小的年纪就生出了对生活的无奈。妇女们都议论："二丫被累伤了。"她看到村子里有大闺女出嫁，心里就想自己哪天能长大出嫁了，有男人苦工分养活自己呢。

无独有偶，村里有一放牛的小子叫刘蛋，没父没母，吃百家饭长大的，黑黑的，像山东黑大汉子。住在队房里，有女人就能结婚生子了，可谁家的闺女愿意嫁这个没人疼爱的孤孩子呢？二丫做不动的活儿，刘蛋会伸手帮二丫一把；二丫要是割草背不动，他经常帮她把满满的一粪箕草轻快地背回家；经常把自己在树上掏的鸟蛋煮熟给二丫吃。刘蛋裤子被树枝划坏了，二丫也会帮刘蛋补补。两个孩子也就相互走得近了。

隆冬时节，队房里异常热闹，社员没事就到队房里烤火，男人们都一起讲笑话，刘蛋也会在其中听着凑合个笑。大家都调侃刘蛋说："刘蛋子，你的小鸡子长大没？"

刘蛋一听就摸摸头，嘿嘿地笑。

也有人会直接说："刘蛋子，你不如把二丫弄到手，让二丫做你女人！"

刘蛋就傻乎乎地说："我怎弄啊？"

大人们就骂："妈的！这事情无师自通，你看才下不久的小猪都会！"

刘蛋眼睁得圆溜溜的，还骄傲地回答说："嗨！不就是猪拉屎吗？"

大人们笑道："你知道猪拉屎就行！"

一个个哈哈大笑，笑声震得队房茅屋上的灰往下撒，让刘蛋丈二和尚摸不着头脑。刘蛋心想，这些老男人都说什么死话呢？什么猪拉屎？晚上一人躺在队房里翻来覆去睡不着。

冬去春来，湖边小草青青，刘蛋赶牛去湖边放，看到不远处一只两颊鲜红的肉冠，颈部墨绿带有一点儿白圈子，翅膀横条花纹，尾羽长长，极其漂亮的雄野鸡追着芦花色的雌野鸡，追到了，就啪嗒着翅膀压在雌鸡身上，雌鸡轻声细调咯咯地叫着……下晚回来时，把牛拴进牛棚后，路过队里的猪圈，一只刚半月大的猪崽硬是往一头小母猪身上爬。刘蛋恍然大悟，这帮老男人说的猪拉屎就是这猪爬窝的。摸摸自己的身体，刘蛋嘿嘿地偷笑。

也不知那天是几月几号，反正是单衣单衫的时候。二丫推一车牛草，去队场上交，要回家时，天下起雷阵雨，二丫还傻在雨里把草往一起拢。刘蛋大喊："二丫你快进来，那青草湿就湿呗！"二丫才跑到刘蛋屋里躲雨。

刘蛋望着衣服被雨淋湿的二丫，那俩高高隆起的小山峰随着二丫喘气，一起一伏的。刘蛋眼贼溜溜地盯着，心里痒痒的，咕噜咕噜地咽口水，那裤裆里裹着的东西，蠢蠢欲动，一呼即出。他一把抱着二丫说："二丫，你还不如跟我睡觉了！你就做我女人，我有劲，我不让你苦，我苦工分养活你，好不好？"

二丫一把推开刘蛋，嘟噜着嘴说："我不敢，我得先回家和我大我妈说说看。"

雨停了，二丫要回家，刘蛋还叮嘱："去家说噢，别忘了噢！"二丫点点头，出了屋。

刘蛋心里空落落的，难受得抓耳挠腮。

回家后二丫失眠了，睡不着，快到天亮才睡着，她梦见自己身穿红袄，头戴红花，眼上还戴着黑目镜，刘蛋牵着牛，自己骑在牛背上，刘蛋把她从牛背上抱下来。月亮好大好亮的那夜，他们幸福地拥在一起，自己心里那种隐约情愫伴着融融的月色袅袅升腾……

"二——丫咧，上——工——咧！"大吊瓜拖泥带水的声音打破了二丫的美梦。二丫坐起来揉揉眼，打着哈欠，心里嘀咕："苦八代死懒猪，天天就知道倒绝气，自己不去苦工分，就知道吃，老不死的……"

刘蛋天天盼着二丫把好消息告诉他，可是一连好几天都没见二丫的影子。又好几天过去了，刘蛋按捺不住了，在庄头等到了二丫，他问："二丫说没？"

二丫摇摇说："没敢，大大会打我。"

刘蛋说："不说就不说，我们偷跑出去，等生米做成熟饭了，你大就没办法了。"

二丫犹豫地看着刘蛋，有点凝重地说："我们往哪里跑啊？出去吃什么？住哪里？"

刘蛋说："嗨！有我了，你怕甚的，我肯定不让你吃苦，我苦钱买好多好吃的给你，买花布给你做衣服穿！"刘蛋黑脸上的铜铃大眼凝视着二丫。

二丫用右手扒扒头发，发着愣。她小小的年纪就和大人一样没日没夜地苦工分，也是实在太累，累得她有时都不想再回她那家——她累怕了。

刘蛋看着二丫发愣，就拽了拽二丫说："二丫？"

二丫回过神说："我们要是被大人找到了，我大就能把我打死！"

刘蛋说："放心吧，我们走得远远的，叫他找不到。"二丫点点头就答应了。刘蛋带着二丫趁着黑夜私奔了。

大吊瓜家的亲戚家都找遍了，三庄四邻都帮着找，大河、小河、沟沟渠渠，队长组织会水的男人下水摸，用滚钩在水里捞，也没见二丫一丝布纱。说起来二丫失踪七八天了。大吊瓜本身就嫌弃闺女，他找二丫是找她苦工分的，找了这么多天，也找叹性了。只有二丫妈整天哭天抹泪地叨叨着："二丫你在哪里呀？妈想死你啦！……"

生产队里也找不到刘蛋放牛，奇怪的是他和二丫同时失踪，队里还少了一头牛。再到刘蛋的屋里一看，除了破锅灶、一破床，什么也没有。

这时候社员都恍然大悟，二丫和刘蛋肯定私奔了。大吊瓜骂："这两个骚货，老子白养你了，你他妈的就外死外葬吧！"话说年把二年要过去了，也没人看到二丫和刘蛋。

六

晚饭后，蔡大个子夫妇俩来到了学校找陈珂。一进屋，梅妈就开门见山对陈珂说："小陈啊，你和我家丫头的事，我和老头子都知道了，我家闺女怀了你的孩子，你们已经到这地步了，就结婚吧。"

16

陈珂听后呆若木鸡地站在那里。蔡大个子大声说："你他妈怎么啦？问你话呢！"

　　陈珂这才回过神来，支支吾吾地说："这……这……"

　　蔡大个子不耐烦地大声嚷："这什么啊？你他妈是不是不认账啊？"

　　梅妈一看蔡大个子要发火，就拉了拉丈夫衣角，示意他不要发火，自己接着说："小陈啊，你大爷就这脾气，你看这事怎么办呢？"

　　陈珂说："我听你和大爷的，我和梅结婚。"

　　梅妈说："要不是你这小子先斩后奏，按风俗，你男家要请媒人来到我们家提亲的，先过小礼，再谢肯。"她看陈珂不懂，就一样样地讲解给陈珂，陈珂这才知道所谓的"谢肯"就是城里的订婚仪式。

　　陈珂有点为难了，一是经济问题，二是父母远在南京。梅妈又说："你不要为难，我也不是卖闺女，这些什么聘礼，我和你大爷都不要了。梅怀孕了，现在还没有出怀，我们就这一个闺女，就想风风光光地嫁出去。孩子不等人，你赶快告诉你大你妈，快点把婚事办了。"

　　陈珂想这事打电报来回也说不清，父母也没时间来苏北，结婚是人生大事，怎么也要对得起梅对自己的爱，最简单也要给梅买点礼物以示尊重吧。他对蔡大个子老两口说："大爷大妈，你们正忙收麦子，麦假还有几天，我带梅回南京举行婚礼，行不？"

　　老两口一听，交换了一下眼神，说："行啊，那明天就准备一下，后天你俩就动身吧。"老两口心病除了，走路也轻快许多，没有感觉就到家了。

　　第二天下午四点多，梅跟着陈珂来到了南京。红墙绿瓦、高

17

楼林立、绿树成荫、奇花争艳的江南美景，犹如一幅幅油画。大街上，橱窗里，琳琅满目的商品；俊俏的女人，粉脸红唇，大波浪披肩鬈发，身着彩裙犹如芭比娃娃在街上穿梭。蔡梅坐在无轨电车上，一时左边看看，一时右边看看，恨不能自己长上十双眼睛，好奇地东张西望，犹如刘姥姥进了大观园。梅心想，能在这样美丽的大都市与爱人结婚，真是自己八辈子修来的福气！她喜滋滋地把头靠在陈珂的肩上。

华灯初上，夜幕降临，他们到了家。陈珂叫开了门。一位波浪头，身着丝绸睡衣，目光总是散发着一种可怕的气息，让人无法直视的中年女人为他们开了门。梅想，这是自己未来的婆婆吧。他爸妈一看儿子回来，又惊又喜。她傲慢地昂着头，斜眼看看梅说："钱给你了吗？"

梅吓得将抬起想进屋的脚又放下，站在门外用手搓着衣角，嘴里轻声说："阿姨，我不是拉人力车的。"

陈珂赶紧把梅拉进屋里，说："妈，你说什么呢，她是我的未婚妻，叫蔡梅。"接着把他和梅的情况简单介绍了一下。

陈珂妈一听，尖叫了一声："哎哟！"一把把陈珂拖进房间里，指着儿子的额头说："你啊！怎么给我们带回来这么个土老帽儿啊？苏北人脏，身上会长虱子滴哟！我可不认这个儿媳妇，我们是城市人，她是农村的，和我们门不当户不对的。"陈珂听了他妈的话，很生气，一摔门出来了，把梅带进自己的房里。陈珂妈没办法，立马把自己准备扔的旧衣服拿出来，甩给梅。

陈珂一把夺过去。梅笑笑，说："好的，阿姨，我这就去换。"说着从陈珂手里拿过衣服。

陈珂妈又像被马蜂蜇了一般地说："喂，这，哎哟！你身上、身上有虱子，到卫生间赶快洗洗澡，再把换下的衣服用开水烫，洗一洗。"

梅憨厚地点头答应："好的，好……"这样才让梅碰他们家的东西。

吃饭的时候，陈珂妈一点儿也没有把梅当作儿媳妇的样子，只顾着往儿子碗里夹菜，梅便只好埋头吃米饭。陈珂不时夹菜往梅碗里放。晚饭后，陈妈让梅住在放杂物的小房间里，梅躺在不敢翻身的小床上，心里凉巴巴的。

陈珂知道梅受了他妈的冷淡，过来安慰说："别介意，我妈就这样。别怕，有我呢。"

梅说："唉，我心里能不怕吗？万一你妈不同意我们结婚，我就无地自容了。看他们的样子，也许他们不知道我怀了他们的孙子，他们知道了，一定会接纳我的吧？"

陈珂说："对，我还没来得及告诉他们。"说着，转身就去他爸妈屋里了，大声地说："爸，妈，你们要做爷爷奶奶了！"

他把梅怀孕的事，和梅家的要求说给了他父母。陈珂妈一听，把三角眼一挑说："什么？她怀了你的孩子？你痴啊？这么个土不啦唧的苏北人，根本配不上你。儿子啊，你人帅，要不是下放，你一定有出息。你找对象可以，你得找个南京知青啊！"

陈珂爸爸想：梅怀了自己的孙子了，这是陈家的种，该同意了女家的要求。他说："事已如此，我们就按照女家要求做吧。"

"孩子痴，你这老东西也不知好歹，我们凭什么要花钱呀？反正她怀孕了，她自己都不怕丢人，我们怕什么呀？她想为我们珂儿生儿子，那是她的事，与我们无关！"

陈珂听了气不打一处来，想吵又怕惊动梅，就心平气和地对他妈说："妈，你不能这样说，孩子是我们俩的，是你的亲孙子啊，你不能说这样不负责任的话。你们同意也好，不同意也罢，我要和梅结婚。"

他爸爸看儿子态度坚决，就劝他妈说："唉，看在我们儿子、孙子的分儿上，你就别为难他们了。我看梅这孩子也不错，她是农村长大的，难免土气，明天你带着孩子，去买几件时尚的衣服，一打扮就不一样了。孩子结婚是大事，你做婆婆的，就大气一点儿，还是啊！"

陈珂妈白了老头子一眼，傲慢地说："行啊，我同意他们结婚。不过，要回苏北去结，乡巴佬还想登大雅之堂……"陈珂知道他爸是严重的"妻管严"，他妈说了算，再说是多余了，于是扫兴地回自己的屋里睡觉了。

梅看陈珂妈没有要做婆婆的欢喜，对自己不冷不热的态度，心里像水井里的桶七上八下的。她拿起笤帚扫地，陈珂妈赶紧说："不要你扫，你不懂我们的东西如何摆放。"梅尴尬地放下手里的笤帚，心里如一泉冷水在涌动。

第三天晚上，陈珂对梅说："我们明天就回泗县去。"梅用疑惑的眼神望着陈珂。

陈珂说："南京不准许结婚大操大办。结婚是我们的终身大事，我不能让你受委屈，我们回去办，还是啊！"

梅善解人意地说："只要我们永远在一起，怎样的婚礼不重要。"梅的话就像一股热流，流进陈珂的心窝，他把梅揽在怀里……

一大早，他们俩就起床，去车站。陈珂爸爸追出门外，硬塞了五十元钱给梅。

陈珂妈看儿子走了，心里酸溜溜的，毕竟是自己的儿子，回到了贫穷的苏北，不知哪天能有回城的机会。现在又有梅这女人，儿子就一辈子栽在穷乡僻壤了。想着想着，不觉就呜呜地哭了，陈珂爸进屋，看到她在哭，就说："我说吧，你后悔了吧？孩子满怀信心地回来，你偏偏不同意，孩子走了，你又在这儿哭，你不是自己与自己过不去吗？"

陈珂妈一听，就像母老虎一样，从床上一跃而起，指着丈夫说："都是你他妈没本事，人家的孩子下放，都能找人提前回城，你看我们珂儿什么时候能回来？现在又被这乡巴佬绊住脚，哪天能离开那穷地方啊？"说着又哭起来。

陈珂他爸知道老婆的脾气，也就闷坐在那里不吱声，随老婆怎么唠叨了。女人看丈夫不吱声，也觉得没趣，出房间，到卫生间洗把脸，又回到卧室收拾起衣服来。

陈珂爸一看女人的举动，就问："你想干吗去？"陈珂妈搡了一下丈夫说："滚一边去，我去泗县。我不能让他们结婚，结了婚，我儿子就要待在那里一辈子了。不行，这婚就不能结。"

老头子一听，五雷轰顶："我的祖宗啊！你不是同意他们结婚的吗？"

陈珂妈一手卡腰说："哼！我同意？我是让那乡里丫头早点离开我们家，我不想让我不喜欢的人待在家里吃闲饭！我不能让他们结婚！"

陈珂爸又说："那人家怀孕了，是你的孙子耶！你这不是无理取闹吗？人家不可能同意滴。"

"怎么不行啊，我们出点钱，把孩子打掉，不就行了吗？"

老头子哭丧着脸央求说："那人家一黄花大闺女绝不会同意未婚去做人流滴！北方是讲究的。这是其一。其二，珂儿也不会同意滴。事到如今，那是我们的孙子，孩子回来，我们做父母的就应该好好地接纳人家，你偏不同意让他们在南京结婚。现在孩子回苏北去了，你又想起这一出，你就不要节外生枝了吧？我们做父母的没有给他们办像样的婚礼，就对不起孩子了，我求求你，我们就给孩子美好的祝福吧！"

陈珂妈大吼起来："孙子孙子，没那女人就没有人为你生孙子吗？都是你这老东西没用！我不管，我要为我儿子的未来着想。我马上去泗县，我不能让我儿子娶了乡下女人做老婆。"说着拿着行李箱要出门。老头子知道女人的秉性，拦不住，自己就胡乱收拾点儿东西，跟着出门了。

<h1 align="center">七</h1>

回到梅家里，陈珂一脸沮丧，头低得像霜打的茄子，梅像犯错误的孩子，不敢看她大蔡大个子一眼，想哭不能，想说不能张嘴，就那么手捂嘴巴，站在墙角，心里不住地祈求，好大大不要发脾气骂我和陈珂啊，求求你啊……

蔡大个子夫妇看他们回来，纳闷得直扎头。梅妈支吾着说："你……你们……这是……"陈珂只好硬着头皮，说："大爷，大妈，二老别生气啊！我妈说南京不准许操办婚礼，叫我们回泗县来办的，是吧梅？"陈珂朝梅看看。

"是，是的。"

蔡大个子一听，脸顿时红得像鸡冠，眼睛直冒火，脑门青筋如青铜条，像天上的雷公就要发威。梅妈瞪了老伴一眼，蔡大个子收住阴云，干笑着拍拍陈珂的肩膀说："噢，没、没事。你……只要你待我闺女好，好好过日子，妈老子让你们风风光光地结婚。"说完，他反剪双手，踢倒凳子，去了堂屋，才忍不住骂开了："这他妈城里人，规矩还那么多，我看就是怕花钱的，南京死小冒子，抠门！"

这时梅妈进来拿稀饭面，他又数落道："都是你这老东西没看好闺女，老子养她一趟子，连他妈的二两酒都没捞到，还要马蹄靴倒穿了，真他妈窝囊！"

梅妈知道老头子是死要面子活受罪的人，就满脸赔笑说："唉，就当我们多养一儿子吧。"她看老头子不吱声了，就出来收拾做晚饭。一家人吃过饭，陈珂一脚高一脚低地回学校宿舍。身心疲劳，洗洗就上床睡着了。

一阵敲门声把他从梦中叫醒，睁开睡眼看了一下手表，夜里十点多了。他开门大吃一惊，是他父母站在门口。他吃惊地问："你们怎么来了？"

他妈傲慢地哼了一声进了屋，陈珂连忙倒水给他父母。他妈抿了口水，环顾一下陈珂的屋子，土坯墙不能碰，一碰泥土簌簌往下掉；几张旧桌子，一张土木小床，一个脸盆，还有下放时她为儿子买的皮箱子，这就是陈珂的家当。她看儿子住着这房子，心里禁不住难过地哭着说："儿子你就住这房子啊？"

陈珂不以为意地说："妈！农村都是这房子，很好，冬暖夏凉！"拥抱了一下他妈妈说："好了，妈妈，入乡随俗吧！"

陈珂对父母的突然到来心里疑云重重。他妈拉着儿子的手说："珂儿，不是妈不讲理，妈这辈子就你这么个儿子，妈是为你好，你不能和那乡巴佬结婚，你和她结婚了，你一辈子就要待在这乡下了！我知道，她怀了你的孩子，我们出钱，你说服她，把孩子打掉，我们给她一点儿补偿。"

陈珂一听，就像被人砸闷了头，哭丧着脸说："妈！你怎么能想出这馊主意啊！那孩子是我的骨肉，你的亲孙子，你叫我怎么开口和人家说？妈，你不愿意为我们办婚礼，没关系，梅不在

23

乎这个，只要我们相亲相爱就行的。你们明天就回去吧，不要在这里添乱了，好吗？"

"你懂什么呀？你不说，我明天找他们说去，我不能眼看你往火坑里跳！"

陈珂看他妈态度坚决的样子，又是半夜三更的，就央求说："妈，你和爸大老远跑过来，也累了，歇歇明天再说。"转身去烧了热水给他父母……父母的到来给他出了一道难题。怎么解决？愁啊，愁得他一夜没合眼。

八

庄稼人起得早，蔡大个子夫妇早已起床，烧好了饭，喂好了牲口，吃完饭下湖去收麦子了。临走时梅妈吩咐梅中午送饭去。抓紧收清麦子，好准备梅的婚事。梅把家里院子收拾干净，带上早饭来到了学校。一看陈珂父母在，很是惊诧！还没等梅进屋，陈珂妈就连珠炮似的说："梅呀，你来得正好，你看你还年轻，我们家珂儿不适合你，我和你叔叔怕你以后受委屈，我看你不要和珂结婚，我知道你怀孕了，天数不多，我带你去做掉，没多大事，就像来一次月经一样……"

梅不敢相信自己的耳朵，她的脸如被人打了一巴掌，顿时火辣辣的，犹如哪颗瓜子被人嗑开，一点儿包裹都没有了，踉跄一下，差点打翻了给陈珂的饭盆。稍事调整后，梅唯唯诺诺地说："阿姨，我求求你，你就让我和陈珂结婚吧。"

"这个不是你要求的事情，哪有母亲不为儿子好？"

"阿姨，你说的我能理解，可是，我、我、我都……老话说得好，'虎毒不食子'，您是母亲，哪有做母亲的愿意把自己身上的骨肉打掉？"她一双泪眼发出祈求的目光，如一只要被老虎吞噬的羊羔，一双手紧紧地护着肚子，生怕那双魔掌抓起自己的肚子。梅本身妊娠反应重，加之被陈珂妈的话刺激，早上吃的饭全吐干净了。她把嘴巴张成了"O"形，就是说不出话来，嗓子里像堵上一块石头咽不下吐不出，只是泪水不客气地哗哗流淌。

陈珂妈望着低头坐在拐角的丈夫说："你看看，这还没和我们珂儿结婚呢，这要是结了婚，生了孩子，我这婆婆还能说句话吗？不行，我不能同意你们结婚！"陈珂听到他妈的高八度，急忙跑过来。

陈珂又不好当梅面过分说他妈妈。他把梅拉到旁边的教室里，梅委屈地抽泣着说："陈珂，你妈不同意怎么办呀？她要是就不让我们结婚，你是不是听你妈话不要我了？要是这样我就没有脸活下去啦……"说着就呜呜哭起来。陈珂搂着梅说："你放心，我不会的。"梅说："你发誓！"陈珂说："我发誓……"梅擦去脸上的泪水说："陈珂，我生是你的人死是你的鬼，这孩子你不要我要，你就看着办吧！"说完梅迈开步子出了门。陈珂一把拉着梅说："我妈的话你不要放在心上，有我呢。你先回去，我好劝她，给她面子。"梅推开陈珂，头也不回地走出了学校。

回到家里，老母鸡正在前屋的火盆里下蛋，梅站在一旁看着。母鸡不时地伸着头，鸡冠通红，明显看出母鸡生蛋在用力，还朝着梅发出"咕，咕咕咕"的叫声，好像在说："过去，过去，你走开，别碰我的孩子！"梅懂得了母鸡的心声，慢慢地走过，不打扰母鸡生蛋。这个陈珂妈，怎么这样歹毒？鸡都知道保护自己的骨肉，她还不如鸡吗？梅在心里思量着。突然感觉饿了，把剩下的饭吃了精光，"西天出太阳了，我才由着你呢！"梅自言自语地说。

梅走后，陈珂爸批评老婆说："你说的是人话吗？孩子都这样了，你得了好看不要！"陈珂妈一听，牙咬得咯咯作响，嘴唇气得像猪肝一样紫，眼里闪着一股无法遏制的怒火，好似一头被激怒的母狮子在吼叫："你才不是人啦！你这个老东西……"她把陈珂爸骂得狗血淋头。陈珂生气地说："妈！你不能这样子骂爸爸。老师都回去了，这要是没放假，我多没面子？我刚来时，多亏梅家照顾，我喜欢吃面条，你是知道的，蔡大妈亲自做手擀面给我吃。再说了，我和梅是有感情的，孩子是我的，我们不能做理亏的事情吧？"

陈珂妈凶巴巴地朝儿子喊："你这白眼狼，她就做了几次面条给你吃，你就要感恩人家，我生你养你这么大，你忘了？他们让你吃了迷魂药了？那女人有什么好，乡巴佬一个！你要结婚，你谈一个南京插队的知青也行，将来有机会一起回去，你找一乡巴佬，不行！有她就没我，有我就没她！你看着办！"

陈珂爸摇着头对陈珂说："你妈太不可理喻了！疯了！"

陈珂没办法，自己烧了水，下点儿面条和他爸胡乱地吃了一点儿。

梅到了麦田地，拿起镰刀割麦子，她想通过劳动把心中的痛苦忘掉。她妈说："你逞什么能啊？"她只当没听见，割了一趟到头，又要割。镰刀被她妈夺过去，她又去上麦车子。她妈觉得女儿的举动有点奇怪，就放下手中的刀，把她拉到树荫下，看着女儿眼红红的，就问："怎的？"梅把陈珂妈来泗县，不同意他们结婚，还要求梅把孩子打掉这事情告诉了母亲。母亲一听很着急，要回去找他们。一想不能，一吵起来，四乡八邻都知道女儿未婚先孕的事了！扎了扎头说："这事还真不能急，你老子一碰就火着的人。"梅妈沉思一会儿说："你还没出怀，过天把再说。你回

26

去吧，我想想。"

梅妈收着麦子，心里想，无论怎样也不会同意陈珂妈的无理要求，女儿已经怀了他们家的种，那就是她家人，不能被她牵着鼻子走。她在心里暗骂："这不讲理的苦女人，要不是看在你儿子就要是我女婿的分儿上，非叫你吃灰灰的不可。"

麦假结束了，老师学生都返校了，陈珂父母还没有走，陈珂脸上布满了愁云。领导和老师听说陈珂父母来了，都尽地主之谊，过来看看瞧瞧。陈珂爸散烟，让座，陈珂僵硬地招呼着同事。同事回到办公室都说："陈珂爸爸一看就是老实人，陈珂妈妈虽然人白白净净的，身段高挑，绰约多姿，可那一对冷眼放着寒光，真让人生畏啊！"

九

麦子大头落地了，就要抢种秋季作物了。鸡叫头遍，天开始下起雨，哗哗啦啦让人睁不开眼，下了一上午，庄稼人趁着雨天好歇歇，可是梅妈睡不着，女儿的事不能拖，本来说好的，这回冒出了"程咬金"——该死的陈珂妈来打拦头靶，梅妈心不安神不宁地一时翻箱倒柜，一时拿出针线匾子，一时撵鸡打狗，蔡大个子在搓绳子，看老伴在他面前晃来晃去的，斜着眼说："你他妈的拿什么急呀？翻尸盗葬的！"梅妈说："陈珂他大他妈来了。"蔡大个子说："啊，这俩老东西想通了，好啊！"梅妈说："你做梦吧！陈珂妈不同意，还叫梅把胎打了！"

这还了得？蔡大个子鬼叫："他妈的，她要这样，老子非把她儿子砸死不可！"

"我就说吧！就不能和你说事，看你那倔脾气！这事我们不能急，好好和她商议，吵起来，不好看!"蔡大个子接着说:"你他妈也怕丢人啦，都是你娇惯出来的，不去念书，哪会有这事?""事到如今你骂我有甚用? 我要早知道来尿就爬起坐着呢! 我们得去学校看看，人家大老远来了，我们不能理短。"蔡大个子又问:"那咋办?"梅妈说:"先敬到我们心意，她要是死猪不怕开水烫，再说!"

中饭后，学校人少，老两口来到学校门前，梅妈掸掸自己和老伴的衣服，叮嘱大个子一定要沉住气，不能急。"陈珂啊! 你大你妈来了，怎不和大妈说一声?"蔡大个子也嘿嘿地从黝黑的皮里挤出笑容，进了陈珂的宿舍。陈珂向他父母介绍:"这是梅爸妈。"陈珂爸还热情地让座递烟，陈珂妈就像见到杀父仇人一样，坐那儿正眼都不瞧蔡大个子夫妇。那蔡大个子拳头都攥出了汗，牙咬得咯咯响，忍着不发火。

梅妈上前说:"哟，这是小陈妈妈吧? 对不住呀! 你们大老远来，农活儿忙，我和老头子才知道，怠慢咧!"陈珂爸说:"不客气! 我们来得太仓促了，没去登门拜访!"陈珂妈像没气的人一样。屋里沉闷的气氛让人窒息。

还是梅子妈打破这沉闷，她又笑着说:"你看我们乡下条件差，你们大老远跑来，为难你们了。唉! 都是做父母的，为儿女啊! 俩孩子的婚事，你们老两口正好来了，我们就两家热热闹闹地把孩子的喜事办了，明天我们找人把俩孩子的生辰八字合合，看五月哪天好日子，就定下来，你们看怎样?"

陈珂妈瞥了一眼梅子妈，嘴唇一撇，从嗓子哼了一声:"这结婚是孩子的大事，哪对父母都想自己的孩子好，现在结婚未免早了呢。"

"这话怎讲?"梅子妈问。

"你家女儿和我们家珂儿不合适。"陈珂妈回道。

"哎哟喂，大姐，你这话就不对了，我闺女不瘸不瞎，不疤不麻的，怎么不合适啊？"

"我不同意他们结婚！"

"你不同意？我闺女都有了你家的孙子了！"

"你女儿怀孕了，我可以负责把你女儿带去做人流。"

"这可不行，我闺女既然怀上你家的种，嘿！就是你家的人！"

"不可能！你要不怕丢人，就留家生吧！我可管不着！"

蔡大个子顿时气得脸通红，怒气冲冲，眉毛向上挑着，噌的一个箭步跨到陈珂妈面前，手指她鼻子说："你还是人吗？你再说一遍？哼！我看还由不得你呢！"

那陈珂妈更是咄咄逼人，一跳八丈高，尖叫着："你才不是人呢！"

"你他妈就不是人！"蔡大个子鬼响着。

"你自己教育不出好女儿，还有脸说呢！"

"你放屁！"

"呸！乡巴佬！你女儿怀孕了，那是她自己不自重！"

"你！……你！"蔡大个子气得嘴唇发抖，拿起凳子要砸陈珂妈。

陈珂妈昂起头朝着蔡大个子吼道："你砸呀！"

蔡大个子手举凳子软软地从半空落下，陈珂妈就拍打着跺着脚、脸气成紫猪肝色的大个子夫妇，咬牙切齿地把不会教育闺女啊、没家教啊地孬了一番……陈珂爸把女人拽着，梅妈把蔡大个子拽着，两家吵骂得像一锅粥。吵闹声引来了好多人，有早到校的老师，大家先都莫名其妙，后来才听出眉目。

陈珂急得像热锅上的蚂蚁，一时面劝他妈，一时面劝蔡大个子，那头上的汗就像雨水往下流。听众们你一言我一语地说："这就不对啦！孩子都这样了，是自家的骨肉，是孙子，城里人太不通人情了吧！你家儿子刚下放时，多亏人蔡大个子家照顾。这城里人怎么没人心啊！还不如我们农村人呢！你看小陈妈哪里有城市人的斯文气？就是个母老虎……"

"大舅！这是集体单位，你吵什么吵？住嘴！"校长过来了。他是蔡大个子的远房外甥。

蔡大个子被吆喝住了，校长让几个老师把他拉到另一间屋里，这场风波才算平息下来。

陈珂一看校长来了，如获救兵。父子俩从皮里挤出笑意把校长让进屋里坐。陈珂妈还在那里喘着粗气。陈珂递上水，校长抿了口，笑着对陈珂爸妈说："你们都消消气，现在不是过去了，你们都是大城市人，比我们这乡下要开明吧？你看俩孩子都到这地步了，你们这样吵，不是解决问题的办法。你们都在瞎吵，叫这俩孩子怎么处？其实难过的是这俩孩子啊！"

陈珂爸连连点头说："是呀，我也是这样想的，就是他妈有点不赞同。"

陈珂妈没好声气地说："你这死老头子，我不是为儿子好吗？"

校长反问陈珂妈："那你的意思是……"

陈珂妈说要带梅把孩子打掉。校长把凳子挪近陈珂妈说："我不客气地说啊，这就是你的不对了！孩子是陈珂的，你虽然是他妈，也没有权利要求梅打掉胎儿，这是其一。其二，你这样闹下去对陈珂也不好。你就是怕陈珂将来回了南京，被梅拖后腿，不是吗？知青回城还不知猴年马月，要一辈子不回去，你儿子就打一辈子光棍喽？再说了，目前人家梅不比你儿子差，梅虽然是民办教师，却是有编制的，一个女孩子做老师，将来有孩子，自己能带，多方便啊！陈珂是临时代课老师，没有编制，随时有可能被学校辞退，你是机灵人，你们想想看呢？"

陈珂妈被校长这么一说，低头不语。校长看看火候到了，哈哈地笑着起身，拍拍陈珂的肩说："好好和你妈商量啊！"陈珂父子送走了校长。

校长回到办公室，又批评了蔡大个子："你看你那倔脾气，八十岁都改不了，吵有用吗？"蔡大个子杵在那儿扛着头问："那女人同意啦？"校长脸一仰，手往屁股两边一拍："哎呀！你操什么心？你回吧！"梅妈就拉着老头子回了。

梅还不知道她大和陈珂妈开过火，在家里收拾锅碗，正准备上学校。蔡大个子两手背着，向前微伸着头，像直头驴般一脸怒气朝家里走，梅刚想出门，看到她大她妈回来，赶紧回到屋里。

蔡大个子一到家就骂："都因为你这死丫头，要不是你，老子也不会在众人面前丢人！"梅一听吓得在房间里一抽一答地哭着。梅妈看女儿哭，心里虽然生女儿气，但木已成舟，人已经丢了，再骂闺女也没用，把闺女逼出事来，那得不偿失，就骂老头子说："你现在骂她有甚用，你叫她死啊？死了你好过？"蔡大个子被老伴这一吼，闭了嘴，在院子里看到凳子就踢凳子，看到桌子就踢桌子，把桌底的狗踢得嗷嗷叫，发泄心里怨气。坐到长凳子上，身子靠墙，一只腿跷放在凳子上，点着烟，把烟袋锅吸得刺溜刺溜地响，两股烟雾从他的鼻孔冒出，袅袅上升。梅妈又去看闺女，梅蒙头盖脸躺在床上哭着。梅妈又疼又气地说："姑奶奶，你个冤家，你还号什么？他不倒气了，你起来洗把脸，上学校去吧。"梅赌气地说："我不去了，我给你们丢人了，你不要管

31

我，我死了，你们都好办了，也不丢人了！"女儿这么一说，梅妈着急了，她安慰说："好了好了！哪辈子冤家聚头的，你拿我杀气（出气），你老子也拿我杀气！我是老鼠钻风箱——两头受气！听话吧，起来，去学校！你们校长去说陈珂他妈的，我看没有大了不得。"梅哭哭啼啼地说："校长都知道了，我不好意思去。""他是你表哥，不会说什么的。只要你和陈珂结婚了，有头有主的，人嘴两块皮，说就说吧，反正听不见，说够了就不说了，二丫头那时候不也这样吗？我看现在早没人提了！"梅叹了一口气，掖了掖被子，没起来的意思。她妈"唉"了一声说："你要是没课，不去就不去吧！我等会儿去找你大表哥问问，看他和陈珂妈怎么说的。"说完她便出来到院子里剁猪菜喂猪了。

陈珂一家三口在屋里闷坐着。他爸晓得女人的脾气，耷拉着头，靠着门坐着。陈珂眼巴巴望着他妈，希望他妈能发话，又担心梅想不开，在屋里晃来晃去地让人头晕。他妈是个刁钻的人，她在打着自己的如意算盘。她心想："校长说的话不无道理，儿子哪天回城还是未知数，虽然在学校做老师，不用做农活儿，但是，是临时的，要是被辞退了，儿子就受苦了。那校长和梅家沾亲带故的，强龙压不过地头蛇，看梅的一家，特别是老头子，也不好惹。再者，按照南京风俗，儿子结婚，女家的桌席钱都是男家的，还有彩礼的，要花很多钱，现在梅怀孕了，他们急着结婚，这样也好，省得老娘掏腰包！"她干咳了一声说："你在我面前晃来晃去的，我头都被你晃晕了！"陈珂求他妈说："妈妈！你不要为难我了，这婚我结也得结，不结也得结，我不能对梅不负责任吧？"他妈说："行啊！你们硬要结婚，我拦不住。那好，你就结，不过我不认她这个儿媳妇，我明天就回南京去，你不要再找我这个妈了！"其实，陈珂多希望在他们的祝福中完婚。这是自己的终身大事。可是，他妈妈的秉性，他比谁都清楚。陈珂只有无可奈何地摇摇头，看看他爸一脸无奈。心想："算了，只要你同意我和梅结婚，认不认以后再说吧。"陈珂焦急的心终于安定了许多。

陈珂擦把脸，到了校长室。校长正在看报，看到陈珂来了，起身说："来，小陈，坐吧！"陈珂挨着校长的办公桌子坐下，掏支烟给校长，麻溜地划火柴，给校长点着烟。校长吸了一口烟，吐出一缕烟雾说："怎么样了，你妈话说通了？"陈珂说："说通了，可是……"校长问："怎么？"陈珂扛了扛头，�‍噘起嘴说："同意我们结婚，但不在这里参加我和梅的婚礼。"校长笑笑说："我去帮你劝劝？"陈珂说："谢谢校长！我妈和大爷吵了，她不好意思，她要面子，不就一形式吗？她回就回吧！"校长掐了烟说："我尊重你的意思，也好，你们结了婚，以后有了孩子，慢慢关系自然就好了。梅到现在还没来学校，我估计她心里也着急，你下班后去梅家，一家人好好商议，趁早把婚事办了。我等会儿和你一起去，看看能否把你们双方父母叫到一起吃个饭，你看如何？"陈珂说："那更好了，就有劳校长了！感谢感谢！"校长说："不客气，你们都是学校职工，我一校之长，也是做分内事情。"

陈珂从校长室出来，骑上自行车，到镇上供销社里买烟酒茶食，下班后和校长一起去梅家。到门口，梅家前屋门开着，大黄狗一看来人，汪汪地叫。梅妈出来，一看陈珂和校长来了，朝狗腚踢了一脚，黄狗嗷嗷地跑远了，梅妈领他们进屋，吆喝着："他大，大外甥来了！"梅在房里听到校长来了，心里宽慰许多，坐在床上听他们说话。蔡大个子出来一看是校长和陈珂来了，连忙放下手里的活儿，迎出门外说："哟，大外甥，还来舅家头一

33

回，来来，进屋，进屋!"陈珂和校长进了屋，蔡大个子用手擦了擦凳子上的尘土，又把双手放在大腿上擦擦才递给校长。校长坐下，梅妈递上两碗开水。

校长说："大舅妈你坐着。"梅妈挨着大个子坐着。校长抿口水往陈珂使了个眼色，陈珂会意地起身对大个子夫妇说："大爷大妈，我替我妈来赔不是了，还请二老包涵，我……我知道大爷抽烟，我就带两条烟给大爷；带来两瓶酒，大爷晚上喝两口，好睡觉!"又对梅妈说："大妈，你天天为我和梅操劳，这点心给大妈的。"大个子夫妇交换了眼神，梅子妈笑着说："哎哟，你一人手头紧，我和你大爷也没七老八十的，吃甚点心啊，花钱干吗呢?"蔡大个子把烟袋锅朝鞋底上磕磕说："妈的，来就来呗，还买这洋烟作甚呢? 我都抽惯老烟叶子，这洋烟没我老烟叶子杀口。"校长笑笑说："大舅大舅妈，陈珂妈同意俩孩子的婚事了，我看吧，大舅，虽然说你们闹了点不愉快，我看都是好亲戚，小陈父母人家到我们这里来了，我看……"大个子夫妇也是爽快人，还没等校长说完，大个子就接过话茬说："没事，大外甥子，你还不知道我吗? 这不事情急吗? 都怪我，我脾气不好。"摆摆手说："不说了，只要你妹妹婚事成了就行了。"梅子妈心里的石头终于放下了，麻溜起身说："外甥子啊，大舅妈去做晚饭了。"她大声地喊："梅啊! 你大哥来了，快起来帮我做饭吧。"

梅起来，梳理好头，羞答答地出来叫一声："大哥来啦!"就要去锅屋了。校长说："喂! 梅子! 你和陈珂到学校把你公公婆婆请来家里吃顿饭!"大个子说："听你哥的! 去吧!"梅和陈珂高高兴兴地去了学校。蔡梅妈杀了一只自家养的鸡子，鸡窝里掏点鸡蛋，自己种的辣椒……还有小干鱼，在锅屋忙晚饭。

陈珂和梅一起出了家门，朝学校走去。他们出了庄子，走在

34

通往学校的林荫小道上，已经是掌灯时分了，农庄小屋炊烟缭绕，豆腐块似的小窗户透出一丝丝微光。陈珂牵着梅的手，梅生气地把手抽回，直往前走，陈珂拦腰抱着梅，贴在梅的耳边吻一口说："宝贝！生气啦！"说着亲吻着梅，梅被陈珂亲得像温柔的波斯猫，撒娇地转过脸，咪咪地亲舔着陈珂的唇，梅激动的热泪香腮像雨后的梨花，对陈珂擂起粉拳说："你妈那么狠心！"陈珂把梅紧紧地搂着，说："问题不是解决了吗……"

十

到了学校，陈珂爸在用煤油炉烧水，准备下面条。一看俩孩子来，就说："你俩没吃吧？我们正好没吃，多做点，一起吃吧？"

梅笑着说："叔叔，不用了，我大我妈叫我请你和阿姨去认认门。"

陈珂也说："大爷大妈饭都快做好了，再三叮嘱，一定请你们过去，校长也在呢！"

陈珂爸一听连忙说："好好。"

陈珂爸向陈珂递眼神，陈珂拉了梅一下，噘了噘嘴，梅会意地点点头，到陈珂妈的床前说："阿姨，我大让我来赔不是的，请你消消气。阿姨叔叔都过来，请你到我们家认认门，吃晚饭。"

陈珂妈像没带耳朵一样，一点儿反应都没有。梅没趣地杵着。陈珂左一声妈右一声妈地喊，好话说了有两堆，陈珂妈都不理睬。

陈珂爸"唉"了一声，跺着脚说："孩子和你说话了！你怎么这样子啊？"

35

陈珂妈朝老伴鬼响："要去你去，我没兴趣!"

陈珂爸心想："真他妈给好看不要!不识抬举!不去算了，老子就去!"他向孩子们招招手说："她不去，就算了，天不早了，我们走吧。"陈珂爸披上外套和他们一起，有说有笑地走在乡间的小路上。

到了梅家，梅妈饭菜都上桌了。蔡大个子一家都出来迎接陈珂爸，梅妈问："小陈你妈怎么没来?"

陈珂爸说："她身体不好，已经吃药睡了。"说着就一起进屋。

那时农村还没有通电，煤油灯就像老人一样有气无力地闪着微弱黄光，不像城里夜晚灯火通明如白昼一般，陈珂爸有点不适应，看不清，被门槛绊了，踉跄一下，蔡大个子连忙扶着他，梅妈说："农村晚上黑灯瞎火的，为难你了!"

陈珂爸说："没事的!"

到了堂屋里，陈珂爸爸坐上席，酒过三巡，陈珂敬了梅大妈的酒，梅也敬了陈珂爸的酒。

校长调侃梅说："还不改口?叫爸爸呀!"

梅羞涩地低着头，摆弄着辫梢。

梅妈说："应该的，就改口吧!"

农村人把父亲叫大，习惯了，乍叫爸爸，梅有点不太适应，把"爸爸"叫得别别扭扭，被大家笑得脸通红。

校长端起酒杯说："来，我敬你们亲家俩喝两盅。"校长刺溜酒下胃里又说："你们准备什么时候把他们俩的喜事办了?"

蔡大个子看看老陈。陈珂爸爸说："老哥你定吧!"

梅大说："等麦子收完，秋作物播种完就办。大外甥!舅请你做他俩的现成媒人，你意下如何?"

校长说："行!"

梅妈说："小陈啊,你把生辰八字给我,我明儿个请人给你们合合看,找个好日子。"

校长笑着说："哎呀!舅妈!那都是迷信。依我看,把皇历拿来,看看就行了,不需要去合。"

梅妈把皇历找来。大个子推算,夏农忙还要十来天,就基本结束了。校长翻翻皇历说："大舅,老陈,我看就这个月二十六吧?"

蔡大个子啪地拍了一下桌子说："好!就这么定了!"乐呵呵地端起酒杯:"来!大外甥,我们甥舅俩喝!"说着刺溜一盅酒就倒嘴里咕噜咕噜流进胃里。

陈珂爸举杯分别敬梅父母和校长的酒。他不胜酒力,有点微醉了,端着酒杯摇晃了一下说:"我今天是有生以来最开心的,儿子定亲了,我这父亲有点寒碜了!"

梅妈看酒都喝得差不多了,就端上稀饭,还有菜饼。晚饭后,蔡大个子拿着马灯把陈珂父子送到学校门口,自己才回来。

梅心里的石头终于落地。在帮她妈一起收拾锅碗时,她妈问:"你到学校陈珂妈睬你没?"

梅答:"嗨!她能睬,就没今天这一出戏了!我上南京时,也是爱理不理的。"

母亲又问:"她这样子,为甚呢?"

梅愣了半天说:"一个是瞧不起我农村人,二个怕花钱呗!我听说南京人结婚,什么都是男家的,连女家桌席都是男方的。她多机灵呀!晓得我怀孕,不用花钱也要结婚啊!唉!早知道他妈这样人,还不如先前把这孩子打了算了,不至于出这丑。唉!"

"你这死丫头,说什么话?噢!你一黄花大闺女被她儿子吃了头刀菜，还怀了他孩子，你说得轻巧，打了？那不是便宜了他？他要是反悔了，不要你了，你怎么再嫁人？那你一辈子就毁了！他妈这女人，心眼多，生坏心，让你打胎，太歹毒了！明儿个还不撅腚死！"

娘俩说着，蔡大个子到了家，就问："你娘儿俩说什么啊？"

梅抬眼看看她妈。她妈说："没说什么。你喝酒了，就去睡觉吧，明天还要起早去湖底栽山芋。"

他扭了扭头说："还真困了。"说着就去睡了。

她妈又问梅："你去了没叫她？"

梅说："我到的时候，她睡在床上，我到她床面前请她的。"

"噢，这女人也是给尿脬不嫌轻、给石磨不嫌重的人！"

娘儿俩收拾好了，各自睡觉去了。梅的心病根除了，倒床就睡着了，梦里憧憬着做新娘的甜美。

第二天早上，陈珂妈收拾行李准备回南京了。陈珂看他妈的样子，就说："妈妈你真的就走吗？"

他妈没好声气地说："我有必要在这儿吗？你现在找到妈了，不需要我了！还是啊，我走了你们不是更好吗？想干什么就干什么！"

陈珂听了心里难过，不觉落下了泪。陈珂心里想着，与父母分开这么多年，受了不少苦，如今自己的婚事，多希望亲人能给自己美好的祝福，不想自己像孤儿一样完婚。

可是他妈妈是个死拧巴的人，拧巴起来十二头牛都拉不回。他爸爸唉声叹气地低着头像霜打蔫了的茄子。

他妈收拾好了，对陈珂爸说："你要不走就在这里。别回去了！"说着提着包出门了。

陈珂爸哪敢再"抗旨"，拍拍儿子的肩膀说："儿子啊！梅一家人不错，梅也是好孩子，你妈在这儿反而别扭，走也好。爸爸祝你新婚快乐！"从口袋里层掏出一沓钱塞给陈珂说："这五百元钱是我平时攒着的，你妈不知道，结了婚，有孩子要用钱的，你拿着，自己看需要什么就买点吧。"

父子俩眼里噙着泪花拥抱了一下，陈珂目送着他父母的背影。

十一

太阳出来了，花儿草儿都带着露珠，绿意盎然，在金色的阳光下生机勃勃。蔚蓝的天空白云朵朵，陈珂骑着自行车带着梅，到公社民政办拿结婚证。路上梅幸福地搂着陈珂的腰。当他们拿着红本子回来时，陈珂对梅说："我们革命终于成功了！"

梅一手搂着陈珂，一手抚摩着自己的肚子，然后感叹地说："宝贝！我终于能没有后顾之忧地生下你了！"

陈珂把两脚支在地上，让梅下来，他把梅揽入怀中，贴着梅的耳朵深情地说："证拿了，我们是合法的了，今晚我们就住一起，我要你……"

梅用手托起陈珂的脸说："快了，忍几天吧！孩子还小，我妈说头三月要注意的。特别是头一胎要小心，第一胎要是留不住，以后会习惯性流产的。"

陈珂听后说："唉，没有你，我的生活就剩下呼吸了。"又摸着梅的肚子说："这小东西，等你长出来了，老子非揍你不可。"两人欢欢喜喜地回来了。

到了家里，梅的父母正在收拾家院子。陈珂把自行车停放在门口，帮着老两口收拾。大个子对老婆说："今天是喜日子，孩

39

子领结婚证了，陈珂也在这儿吃饭，你擀面条。"

陈珂说："大爷大妈！你们都忙收麦子，太累了，随便做点吃吧。"

大个子神气活现地说："妈的，你是半个儿子了！你喜欢吃面条，还能不做吗？"

梅妈笑着说："人说丈母娘疼闺女婿没事呵呵的，哈哈，我看你这老丈人才是的呢！"

大个子的菊花脸露出了笑意。梅妈炒了辣椒小干鱼、洋葱炒鸡蛋。陈珂恭恭敬敬地陪老丈人喝了几盅，一家人开开心心地吃了晚饭。

麦子收尽，玉米、山芋、黄豆、花生都播种结束了。蔡大个子把自家养的猪杀了，催妆头一天，全福奶上门照嫁妆衣。梅的嫂子端着放满衣服的筛子，全福奶手拿点着的红纸捻一边照一边说着喜话，其他人跟着道好："天上金鸡叫！好！地上凤凰啼！好！今天黄道日！好！正是照衣时！好！"厨子上门，蒸臕鸡，炸酥鸡。催妆和正日两天排开桌席，十大碗八大碟满满地摆上，老师们帮陈珂把宿舍用石灰水刷白，豆腐块大的窗户，也做了红窗帘，贴上大红喜字。校长是现成媒，梅和陈珂在七大姑八大姨们的祝福声中奉子成婚了。

新婚之夜，梅幸福地依偎在陈珂宽厚的怀里。陈珂问："想我吗？"

梅羞答答反问说："你说呢？"

陈珂说："我太想你了！"他把梅抱着亲了一口，把她轻轻地放在床上，解开梅的衣服。

梅白嫩的胴体在柔和的灯光下，犹如一棵从地里刚拔出来的白菜！雪白的右乳有小块胎记，呈现椭长圆形，仿佛一滴墨水滴

40

在白布上慢慢向周围扩散，活像一只蜘蛛。

陈珂吻着说："你的奶子上还有这个，我才看到。"

梅说："我什么都给了你了!"

陈珂低吟着说："你在我眼里是透明的了，你穿上衣服，我都能看清你……"

两人深情地凝视着，陈珂按捺不住，就要潜入，梅说："孩子还小!"陈珂急促地喘着气说："我知道! 我太想你了，我慢点……"他吻着梅。他既关心体贴梅的身体，又尽情享受"龙凤交融"。

梅的肚子一天天地大起来，婚后小两口恩恩爱爱地过日子，有时也会闹点小矛盾。陈珂好玩，暑假里，一天是学生返校日，上午学生放学后，几个老师没走，在办公室打牌，不回去，几个人就逗打平伙，陈珂也参加了，一直玩到下午。梅一人拖着沉重的身子，上午随便地煮了面条，吃几口没胃口，就没吃，一直躺着睡了一下午。觉得头晕，腿肿胀得像装了沙子，她多想陈珂陪在身边，可是陈珂只顾打牌，一天也没有过问梅，梅很生气。

陈珂回来了，她阴着脸，不理不睬陈珂。陈珂逗她笑，她还是一脸阴沉就像要下雨的天空，乌云密布。陈珂知道梅在生他的气，就憨皮厚脸地哄着梅说："生气啦?"说着就要亲梅，梅把身子一转，背朝陈珂。

陈珂从后拦腰抱着梅，吻着她耳朵说："乖，听话，不要生气啦，下不为例!"说着就伸手抚摩着梅的肚子说："宝宝哄哄妈妈不要生气啦!"

梅转过脸，噘起嘴，打陈珂一拳。

陈珂蹲下来把耳朵贴在梅凸起的肚皮上说："小东西，能听到爸爸的声音吗?"

梅"哎呀"一声，陈珂问："怎么啦?"梅说："他在踢我!"

陈珂亲着梅的肚皮说："这小东西听懂话了!"陈珂幸福地抚摩着孕育着爱的结晶的梅的肚子，梅深情地抚摩着陈珂的头，两人沉浸在无比的幸福与快乐中。

十二

新春的钟声快要敲响的时候，陈珂和梅喜得贵子。宝宝出世了，蔡家今年的春节多添了喜庆，为此就给孩子起名陈大宝，小名就叫小宝。更让蔡大个子夫妇笑得合不拢嘴的是：第二年秋天，女婿陈珂回城进厂做了一名正式工人。那时候城市户口好，女儿找到个城市户口，有工作的男人，可是许多人梦寐以求也求不来的好事啊!

当时的政策是：下放知青愿意回原籍就回原籍，不想回的就留在当地的县城里就地安排工作。陈珂考虑到梅和孩子，决定留在泗县了，被安排在县里规模最大的国营企业绢纺厂里，还安排了一间宿舍。知青回城初期，不少知青和陈珂一样已经结了婚，有的为了回城和女人假离婚，有的回城不久就有新欢了。家里的亲戚朋友都提醒梅说："你要留意呀!"梅听后说："没事，陈珂不是那样的人。"其实她心里还是有那么小小的不踏实。

梅要到学校上课，孩子就只好放在娘家，她妈好照顾孩子。她只能巴望着星期天能多带带小宝。学校考虑到梅的实际情况，周六下午就没有安排她的课，她哥哥就用驴车把她娘儿俩送到绢纺厂的宿舍区。

时间总是匆匆，丹桂飘香，转眼又一年的中秋。冥冥之中不知流逝了多少中秋，芸芸众生不知错落了几时红尘!陈珂和梅都放了假，他们来梅家过节。一家人举杯团圆。小宝张着小口初尝月饼的香甜，一家人笑声伴着饭菜的香味飘出门外。饭后陈珂和梅双双来到学校宿舍住了。

陈珂是那样激情，那样迫不及待。陈珂抱起梅，解开梅的衣服，深入浅出地温存着，热情激荡地交融着……陈珂就像饿了的孩子，吸饱了乳汁甜甜地睡了。第二天早上陈珂眼一睁就吻着梅高耸的双乳，像孩子一样，贪婪如饥似渴地口含着一个乳头吸着，另一只手捂握一个。陈珂阳锋直入，九浅一深，他昏悬呢喃地呼唤："梅……梅……你是……"梅幸福陶醉在陈珂的爱云雨雾里，鬘乱娇柔……两人交融缠绕，承欢出暴风骤雨般灵与肉的夫妻恩爱！此时，梅在心里说，我相信丈夫，他不可能喜新厌旧的，我的婚姻是铜墙铁壁。

陈珂到底是都市出生的人，刚进厂那会儿，心里充满了对党的感激之情。他脑子活，新的东西一看就会，工作上特别认真，一心想把学到的先进技术带给这个小县城里的国营企业。那时正是大有作为的年龄，人又会说话，尤其会讨领导的欢心，不久就得到厂里领导的赏识，次年由普通工人升为技术员。工作上他更加刻苦努力，查资料，看技术书，把书本上学到的纺织技术，亲自到车间去实践，掌握了新的并丝、捻丝等技术，为绢纺厂培训了一大批并丝、捻丝能手，有效地提高了产品质量。在一年全省纺织业技能比赛中，泗县绢纺捻丝名列全省同行业第一，陈珂是有功之臣，他再由技术员提升为技术科副科长，可谓是连升三级。

社会在进步，技术更新飞快，尤其是纺织业。所以，陈珂外出学习的机会便多了起来。经常到大城市的纺织企业去学习取经，特别是南方的沿海城市。因此，他率先沐浴了改革开放的阳光雨露，现代化的都市生活让人向往！每次身临其境的陈珂，想到和自己一起插队的同伴都回到了繁华的大都市，大展宏图，自己不由得连声哀叹。

十三

寒来暑往，春风又吹绿了大江南北。三月的苏北，虽不比苏南的姹紫嫣红，可烟雨迷蒙中，倒也是水清树绿，桃李吐芳。绢纺厂女工忒多：城市下放知青，随夫君的，带家属的，农转非的，城市户口的子女，干部的大姨子小姨子的。陈珂是年轻帅气的领导，走在厂里车间、路上，不论正值花季的姑娘还是风韵犹存的少妇，都争着和陈珂打招呼。

美目流盼、桃腮带晕的小华，土地带人进厂（指农户因土地被征用而安排进厂工作）的。她在进绢纺厂前和裘小秋结了婚，小秋是顶他父亲职的。小华住在泗西镇上，是城市郊区。小秋从小就不喜欢读书，一上课就睡觉，口水淌有二尺长。一次上数学课，老师叫醒他，他痴痴地站起来，口水挂满了下巴，再看看数学书，像从水里捞出来一样湿答答的。同学们都一阵大笑，给他起了"霉大痴"的雅号。后来他经常旷课，好不容易糊弄到初中毕业。他父亲是乡下粮管所职工退休的，怕他找不到媳妇，就把职给他顶了，还托亲拜友地把他安排在泗县城里的磷肥厂。他从小到大能吃能睡。紫铜色的脸，一米七左右的个子，一身水牛肉，人说愣不愣、说傻不傻的。如果不是顶职工，打死小华也不会嫁给他的。那个时候城乡差别大，女孩子要是嫁一城市户口有工作的，那就是从糠箩跳米箩了。人们都是啧啧地羡慕说："哎呀！命好，嫁了一城市户口的人！"

小华少女时天真活泼，生得眉清目秀，就像一朵迎风乍开的出水芙蓉。上初中时，就有好多情窦初开的男生屁颠屁颠地追求，甚至有年轻的老师为她的美丽而倾倒。小华初二那年，新调来的班主任已经为人夫，被小华的俊俏迷倒。一次以辅导小华功课为由，在办公室里对她动手动脚。后来，这老师竟敢把小华带到宿舍里，一把抱着小华亲吻，把小华按在床上正要"尝鲜"时，门外响起了敲门声。

其实校长早就看出蹊跷，看到小华跟着班主任进了宿舍，班主任还把门关上时，校长意识到问题的严重性，火速跑到这老师的宿舍前敲开了门。校长严厉地批评说："你成何体统？你有悖师德！你在给老师抹黑！给学校抹黑！你是老师中的败类！"那老师解释说："我是找小华谈话的。"校长锋利的目光直逼他说："大会小会强调不准许男教师带女学生进宿舍，找女生谈话教育、辅导必须在公共场所，你不知道吗？"老师红着脸低头站在那里无话可说。

这位老师遭到校长的严厉批评后，就调出了学校。校长找了小华的父母交流了此事，要求对小华多加教育管理。小华本来在校成绩还不错，因为这事情影响了学习，成绩大踏步下滑，无心学习，初中没有毕业就辍学了。

十四

小华回到家里，也不安心待在家里，整天东游西逛，三天两头有男孩子站在庄头吹口哨等她。邻里妇女小媳妇们都在背地里指指戳戳说："这丫头啊被她的老师勾没魂了，一天不见男人，就不安稳了，她家不如找个人家嫁出去，免得将来丢人现眼！"

也有好心人在她妈耳边提醒过。她妈先前还不高兴，骂人家瞎嚼嗓根子。后来她发现了小华整天描眉打扮不回家，就拜托人给她找婆家。正好裘小秋父母也拜托人给儿子找对象。小华父母觉得裘小秋是城市户口，又是正式工，小华不能做农活儿，嫁一拿工资的，一月几十块钱，风天不少，雨天不涨，小秋父亲还有退休金，生病有医保，没有负担，日子好过。小秋父母觉得儿子没有大本事，才貌不出众，要不是顶职，儿媳妇难找，能找到小华这样俊俏的媳妇？媒婆一提也就同意了。

媒婆约定了两家见面。裘小秋头梳成二八开，油滴滴的，脸黝黑的，穿着白衬衫。小秋见到小华父母，连忙从口袋里拿出一包玫瑰烟，抽出一支烟递给小华父亲说："大爷凑（抽）烟!"

小华父亲接过烟，小秋为他点火，那手抖得拿火柴划时，火柴头点得火柴盒子嗒嗒响，媒婆笑得脸上粉哗哗掉说："嗨！这孩子诚实，你看像大闺女似的害羞！呵呵。"

小秋接着又递烟给小华妈说："大娘你抽烟。"

小华妈说："我不会抽烟。"

小秋记着出门前他大和他妈的培训：散烟时，人家说不抽，那是客气，要再三请人家抽。还有家里来亲戚，他大央人抽烟，人也会说："不抽。"他大就会说："不抽就夹一支。"亲戚会接过烟往耳朵上一夹。他就说："大娘抽吧！"小华妈还说不抽。他就憨笑着说："大娘你凑（抽）一鸡（支）？不凑（抽）你就夹一鸡（支）？"

小华她妈哭笑不得，张着嘴巴支支吾吾。小秋大向他使了个眼色，他才把烟收起来。

看过之后，她妈问小华如何。她说："我看不中！你看他头梳得油滴滴的，苍蝇都能滑屁坐子，二八开头像特务，脸乌黑的，还穿白卦子，黑白分明!"

她妈说："哎! 人就胖点，黑点，老实。你不懂，妈是过来人，这女人啊! 就是嫁汉嫁汉，穿衣吃饭! 人家正式工，晴天不涨，雨天不缩的，几十块钱一月，还有吃供应粮，还发豆腐千张票。人家打着灯笼找不到这头，你还讲三挑四的。"那时候小华不懂婚姻，被她妈这么一说就答应了。

婚后初夜，小秋匆匆忙忙地插上"插头"……小秋是只知道情欲的发泄而不知爱情为何物的男人。小华很怀念她班主任给她的初恋。后来小华想离开小秋，可是，肚子里有小生命在隐约地蠕动了。她这时后悔自己嫁了这么个俗物! 日子就这么不冷不热地过着。

十五

花儿依旧，水暖鸭游。泗县绢纺厂扩建征地，地方政策是：被征用地的农户，除了补偿当年的青苗费以及三年的农业税外，并安排一人进工厂转为城市户口。裘小秋父母合计，裘小秋的姐姐都出嫁是人家人，小华是自家的儿媳妇，又是孙子的母亲，理所当然是小华进厂了。小华进了厂，孙子也就能变成城市户口了，一举两得的好事。小华赶上了这次机会，虽然没上大学，却和上大学的一样，成了城市人。小华喜滋滋的，对小秋也稍微有了点热度。夜班小秋会骑自行车到绢纺厂等她一起回家。

小华也是聪明人，能歌善舞，学什么会什么。在和她一起进厂的这批人里，她是第一个学会新的捻丝技术的。她在厂里新工人技能比赛中，多次获奖、拿第一。那些叽叽喳喳的女人看到小华说："哎呀! 你怎这么来劲呢? 又是第一名!"

47

有的在背后嘀咕："哼！有什么了不起的啊？不就会接线头吗？我不想去争！"

另一个接着说："你看她现在走路，胸挺多高的，都烧得不能受了！有什么了不起的啊？"

和小华相处较好的女工说："你对人家小华嫉妒了吧？是骡子是马拉出去遛遛？"

城市的生活熏陶了小华，她对自己有了新的认识，她认为自己本就该生活在城市里，她要为自己活一把。为此，她的发型变得时尚了，穿的服装也艳丽了，加之高挑的身材、活泼的性格，无不展现她的美艳与时尚。她是厂里有名的鲜花。厂里的各项文娱活动更少不了她，从班组长到厂长、书记，没有不认识她的，也没有她不认识的。

柳吐新芽，桃李含苞，三八节到来了，绢纺厂的女人们花枝招展，喜气洋洋地庆祝自己的节日。礼堂里张灯结彩，音乐绕梁，小华边歌边舞，出尽了风头。晚上大会餐，酒桌上小华更是妖娆出众，手端酒杯敬这领导敬那个领导的，百般地展现妩媚。领导们一个个喝得脸红脖子粗的，醉眼蒙眬直勾勾地看着小华向人示威的胸部，想入非非，那一定是一对又嫩又香的大白桃，恨不得上去咬一口才能解馋。

小华仗着七分醉意，扭着细细杨柳腰来到陈珂跟前，挨着陈珂身边一坐，身子一歪，差点就栽进陈珂的怀里，丰满的酥胸擦得陈珂臂膀起电，她娇滴滴地说："陈科长，我敬你。"说着把酒杯端起送到陈珂的嘴边，还时不时地抛着媚眼，传递激情。

其他几个女人看到小华的样子，都挤眉弄眼地嘀咕："你看小华那骚样子，就要栽倒在陈科长怀里了！"她们都起哄说："哈哈，陈科长啊！今晚你是酒不醉人人自醉了吧！"说得陈珂脸红得像炒熟的大虾。

自打那晚聚餐后，小华有事没事总会出现在陈珂的视野中。陈珂也是似乎一天看不到小华的身影，心里就空落落的，那种感觉像猫抓一般。这感觉是爱是欲，他自己也说不清，总之是一种挡不住的诱惑与刺激。再往后，厂里外出学习派人，几乎都有小华和陈珂。他们之间的暧昧，也就顺理成章地开始了。

十六

初夏，皎洁的月光映照着碧绿的垂柳，在微风的轻拂下，柳枝轻轻摆动着长长的秀发，跳起绵柔而优美的舞蹈。陈珂因为有点事情，没有按时下班，还在办公室里写材料。小华路过，看他还没走，心里大喜，便不请自进了。陈珂一看是小华，立马起身招呼，"来来，坐坐。"小华一双闪着电流般的眼睛让陈珂的一颗心就像管不住的野马，乱踢乱蹦。心神激荡的小华站在陈珂的面前，那高耸的双峰、绯红的薄唇、眯眯的杏眼，把陈珂勾撩得神魂颠倒。两个人的激情从心底悄然蔓延，在空中如闪电般地碰撞了。陈珂满脸通红，控制不了体内的膨胀，关了灯和门，抱起小华，干柴烈火，蜂舞蝶乱……

自从有了这次合欢之后，小华体内留着陈珂雄激素的刺激，陈珂忘不了小华娇滴滴的呻吟，于是两人经常偷偷地幽会。他们的亲热就如电视剧一样，条件许可时重播，条件不许可时创造条件也要重播。陈珂的办公室、厂里的仓库、公园偏僻的小树林里，都是他们做爱的场所。就连在食堂排队买饭时，陈珂都要用臂膀蹭一下小华柔软又坚挺的胸部。小华碍于人眼，就狠命地踹他一脚，陈珂却是一脸的坏笑。

小华沉浸在无与伦比的"性福"中，回家倒头就睡，对打呼噜就像开手扶拖拉机的裘小秋，一丁点兴致也没有。裘小秋就像一头黑牛睡在自己的身边，身上的牛臊味让她恶心得要吐。夜里裘小秋被尿憋醒，拉开白炽灯起来，看到小华直挺地躺着，那两坨肉随着呼吸一起一伏，他体内膨胀得像公牛，把身子重重地压在小华身上，将他那粗犷的舌头堵进小华红唇鲜嫩的嘴里，让小华几乎窒息。她没有力气拒绝，整个人被小秋死死地摁在床上。她心里明白，她是他的老婆，男人睡自己女人是天经地义。很快小秋在小华身上耗尽了牛劲，得到了满足，又一丝不动地瘫睡在小华的身边，四腿仰八叉，喘着牛气，嘴里不时地嚼着，像牛倒嚼。小华顿感满嘴牛屎味，恶心地吐出胆汁，舀了一瓢水漱了漱口。她心里想，天啊，快亮吧！亮了就能见到懂情会爱的陈珂了呀！她再也不想睡在这不能让自己幸福的男人身边，她打起了游击，有时在厂里女工宿舍住，有时回去了，在沙发上睡一夜。后来就干脆到厂里女工宿舍住了，周末才回去看看孩子。

　　俗话说要想人不知，除非己莫为，世上没有不透风的墙。老在河边走，没有不湿脚的。小华和陈珂的桃色新闻在厂里成为公开的秘密，成了绢纺厂人茶余饭后的话题。只是地球人都知道，唯独梅不知道。梅在乡下，每天还在回味着陈珂的爱与温存。看着可爱的儿子一天天长大，想着事业有成又帅气的丈夫，幸福写满了她的脸庞。她怎么也不会想到，当自己一人在学校的单身宿舍里，她的爱正在被别人分享、占有。

　　裘小秋平时虽然看起来有点愣，但是他心里是喜欢小华的，就是只知道做，不知道说，平时就是那么傻乎乎地呵呵笑几下，笑的时候腮帮子一抖一抖的。小华的行为让他心里疑惑，但是并没有多想，小华回来时他还是要，小华不给，他也不恼。

磷肥厂和绢纺厂很近，不到百米地。磷肥厂在路南，绢纺厂在路北。绢纺厂西边有一块树林地，树林斜对面是化肥厂，过了化肥厂就是磷肥厂了。小树林很茂密。那一天，天气有点闷热，好像要下雨。中午陈珂来到车间，陪领导检查工作，来到了小华的挡车间。小华暗送秋波，陈珂心领神会她传递的眼神。陈珂有意地落在其他领导后面，走到小华跟前，小华用臂膀蹭了一下陈珂，速将写好的纸条塞进陈珂手中。陈珂到厕所打开："亲爱的，好想你！今晚下班后七点后小树林里！"上面还画了一男一女的裸体抱。陈珂看后撕碎丢入粪池。

晚饭后，天阴沉沉的，他们躲进了小树林的深处。他们以天为屋，以地为床，以草为席，树林为帐，激烈狂吻着。陈珂三两下脱下小华的衣裤，与她翻云覆雨起来。陈珂粗喘着，小华娇喘微微地搂着陈珂的头。在他们尽情享受男欢女爱时，乌云密布，几声闷雷轰轰地从天际传来，他俩还是雷打不动地完成。眼看雨点就要下落，两人赶紧收起战局，疯似的往回跑。刚跑到大路上，裘小秋骑着自行车与陈珂和小华撞了对面。陈珂兔奔似的直往东面厂子跑去。小秋凛视着小华和远去的陈珂，憨笑着两脚支站在地上，把手里的伞递给了小华。小华犹豫地接过伞，慌乱地偷眼望了望裘小秋，他面无表情活像木头人。小华被他的不闻不问而迷惑，她认为小秋太没头脑。

六月的苏北，天气炎热。梅烧好了洗澡水，等陈珂一起洗。等了一会儿陈珂还没来，梅就喊陈珂："陈珂，洗澡水要凉了，快来洗呀。"陈珂说："你先洗吧！"梅说："炉子上没有热水了，一起洗吧，我帮你搓背。"陈珂嗯了一声，就脱了衣服去了。他看到梅有点下垂的双乳上的胎记不再是朱砂痣了，而是一只臭虫趴在上面。小华雪白挺挺的"山峰"就像一对白面馒头那样可

51

口，让人吃了一口还要再吃第二口、第三口。陈珂草草应付地洗完出来。梅说："还没有打香皂呢!"他面无表情地说："不用了。"梅也没有多想，也许这就是生活吧。

周六，她仍然会带上陈珂爱吃的洪泽湖的鲫鱼，回到县城家里，亲自下厨做给陈珂吃。晚上，她坐在床上看书睡着了，梦里和陈珂恩爱如初，恩爱到了极点，激动让她醒来，陈珂呼呼大睡，自己靠在床头。她心里想，都是多年的夫妻了，便主动亲吻陈珂。

起初陈珂还能应付一下梅的温情，后来无论梅怎样的柔情似水，他连蜻蜓点水也没有了。不满足又疑惑的梅不得不放下女人的自尊和羞涩，紧紧地搂着陈珂，说："人家好想你呢!"可是陈珂一点儿反应也没有，把梅的手拿下，说："我累了，没有精神，睡吧。"梅心里很委屈，想说什么，欲言又止。她觉得不对劲：难道是工作累了？身体有问题了？要不就是外边有人了……梅不敢往下想，也不想这样想，怕自己想得多反而伤害了夫妻感情。她知道，作为夫妻，相互信任是美好生活的前提。但是丈夫的反常是为什么呢？翻来覆去的梅，大半夜也没有睡意，两眼朝天，却难解其因。

十七

万紫千红的四月天不经过你的容许，带着花香鸟语来了。天气温暖宜人，这一年对梅一家来说，应该是美好的日子，因为全国的民办教师都转为国家正式教师了。这本该是可喜可贺的事情，梅的日子应该是芝麻开花节节高。

周末，她腰系围裙，袖子上卷，在小厨房里做着陈珂最爱吃的洪泽湖鲫鱼，把姜、葱、蒜、花椒放入热油里刺啦刺啦地炸出辛辣的香味，再放入鲫鱼烘烤得喷香，那诱人的香味溜进整个生活区各家各户。她解下围裙，对儿子小宝说："儿子啊，我出去买酒，你可要看好门呀，不能让野猫偷吃了鱼。""嗯嗯。"小宝点着头稚嫩地说。

买回了酒，等了好长时间，也没见陈珂的影子。儿子等不及先吃过睡了。梅心里在打鼓，她在屋里走来走去，去找又怕伤害到陈珂，自己在丈夫心中会成为小气的女人，不去找心里又放心不下。思来想去，还是披上外套出了门，来到厂里行政管理楼。整座楼都是黑灯瞎火的，只有过道里的灯亮着。梅借着光线找到了陈珂办公室，她推了一下，门是反锁的。

梅的脑袋在高速运作，她判断，陈珂一定在里面，边敲门边喊："陈珂，你睡着了吗？饭早做好了，起来回家吃饭了！"她把耳朵紧贴着门，听着里面的动静。

陈珂一听是梅的声音，如被人用棍子狠狠地打了一下，像泄了气的皮球，立马从小华的身上滚落了下来，一边穿着衣服，一边示意小华躲到门后去，嘴里不住地说："好，好，我，我马上回去，你先回吧。"

梅听那声音带着间断的喘气声，夹杂着慌乱声。女人的直觉是不会错的，梅在门外气呼呼地说："你黑灯瞎火在里面干什么的，喘哈哈的？我非要等你一起走！"

陈珂听到梅说不走，心里开始惊慌，但是，他毕竟是聪明人啊，立马想到了应付的办法。他突然把门呼啦打开，一把把梅抱起，背对着门，不让她看到门后面的小华。梅拼命地想挣脱，说："你抱着我干吗，你有什么鬼事情见不得人？"她哪里能敌过又高又大的陈珂？小华趁势溜走了。

梅虽没有看到小华的庐山真面目，但从陈珂的办公室跑出的脚步声是"嗒嗒"，她确定是女人穿着高跟鞋，为了防止她听得仔细，此人是弓着腰、脚尖先点地走，后高跟轻碰击地面发出的脚步声。一直等小华走得看不到人影，陈珂才放开梅。

梅声泪俱下地说："陈珂你这一段时间冷淡我，我还安慰自己，是你工作繁忙，真累了，我还骂自己多心。你说，那个从你屋里走出去的是哪个不要脸的女人？你说呀！"这是梅和陈珂结婚以来，第一次向陈珂发出怒吼。

"没有人，是你多想了！"陈珂一口咬定。

"但愿是我多想了，听错了，那你为什么迟迟不肯开门？屋里为什么不开灯？不让我进去？"梅理直气壮地问，陈珂被问得没下文了。

梅考虑到孩子还在家里，又是厂里的办公区，抓贼抓赃，抓奸抓双，自己没抓着那个女人，在这大庭广众之下大喊大叫的，有损自己的形象，也有损陈珂的前途。她一把拖着陈珂说："回家……"

到了家里，梅说："我真不明白，你说屋里没有人，你的举动告诉了我，你在做对不起我的事情。"

"你要是这么认为，我也挡不了你，你爱怎么想，就怎么想，我说过了，不想重复。"陈珂极力地辩解。

"你是在强词夺理！没有人，你为何关灯？为何反锁门？为何听到我喊你，你迟迟不开……"梅也不示弱。

"你，你……"两个人就大吵了起来。孩子被吵醒，吓得哇哇大哭。梅上前搂着儿子，伤心地哭了起来。一方面因为自己没有证据，说不清。俗话说：狗偷倒头饭吃，死人明白，再争执也没结果。二来心里又想：男人死要面子，自古就有"妻不如妾，

54

妾不如偷"的说法，她再不依不饶，不就是把自己的丈夫向人家怀里推吗？两行热泪顺着两腮流下，流进了嘴里，是那样咸。

她含着眼泪说："我们不要再争执了，假如你真的有，看在我们这么多年夫妻的分儿上，看在孩子的分儿上，请你断了，这是最后一次！假如没有，更好，我也不多说了，我最希望是没有！"她极其慎重地对陈珂说。

此后，两人都闷闷不乐，经常因为一点儿小事而吵架，以前小两口拌嘴，陈珂都会甜言蜜语地哄着梅，女人嘛，就是靠哄，而现在陈珂的蜜罐嘴巴好像贴上了封条似的。

十八

国庆节假来临了，梅从学校回到了自己县城的家。一到家里一看，床上被子一团成了酸菜，臭袜子丢一地。梅让小宝到外去玩。她整理床铺时，被子里裹着两根长头发。梅捡起发丝，与自己的头发比了一比，又一想：唉！多什么心呢？要是自己在家时留下的呢？两手拍着心口闭着眼，自言自语："不要多想！不要多想！"便拿起扫帚扫地。从床底扫出一团卫生纸，梅心里想，自己周一去学校时，都是把家里打扫干干净净，自己虽是农村长大，倒也是受母亲熏陶，把家里收拾得整齐利索。她用小扫帚把纸团挪到面前，用手拿起一看，卫生纸像擦过了小便留下的黄水印；再撕开，卫生纸粘连在一起，发出一股不是臊味又不是腥味的刺鼻气味，里面还裹着一个橡皮套子。梅顿时揪心地疼，那晚的情景不由得钻进脑子里，那晚为什么不开门？这到底是哪个不要脸的？陈珂不是说过爱自己吗？问，能承认吗？问和不问，又有怎样的结果呢？

"爸爸!"小宝的叫声打破了梅的沉思。她把里屋的垃圾扫到外屋门口,把那团卫生纸有意地拨弄到显眼处,看陈珂的反应,自己坐在凳子上,喝了一口水,瞥了陈珂一眼。陈珂到里屋,看看床上被子被梅叠好放在那里,身子斜着伸头望了望梅,梅还坐在凳子上,两眼盯着那团纸,他便往床上一躺。梅说:"小宝我们吃什么呀?"

小宝说:"我要吃烧饼,喝豆浆。"

"噢!妈妈出去买!"梅有意把声音放大一些。她来到小厨房,陈珂连忙出来拾起了卫生纸团,他一抬头和梅目光交织在一起,四道目光如老鼠与猫,如偷嘴狗遇见了主人,总之无法用文学语言来描绘。

晚饭后,小宝在自己的床上睡了,陈珂坐在床上翻着杂志,梅洗好上了床,陈珂往里挪挪,还坐着看书,梅闭着眼,平躺着,心在等待着,其实她在考验陈珂……陈珂还是抱着书,无动于衷,梅翻一下身子,对陈珂说:"天不早了,关灯睡觉吧?"

陈珂放下书,背朝着梅,梅看了一眼陈珂,关掉了灯,月亮一时暗,一时又从云彩里露出了脸,陈珂背朝着梅,梅就一时翻过来,一时翻过去,像在烙饼。

"你告诉我那包脏卫生纸是怎么回事。"梅还是忍不住说了。

"我不知道怎么回事啊。"

"你怎么不知道是怎么回事?你住在家里。我走时家里都是打扫干净的,为什么会有那种脏东西?我们也不需要用那个东西。"梅子直逼陈珂。

"我说你这女人头脑有病吧,还是啊?每星期回来你就是逗我吵架的。"

"我……我……"梅哽咽说不出话来。他们相互怄气,开始

56

了冷战。

转眼暑假到了，梅为了孩子和家，也为了自己的婚姻，把那晚发生的事情，暂时放在心底。她和陈珂商量说："我离家远，照顾你不方便，孩子也要到城里来上学。找人往城里近一点儿的学校调，你说好不好？"

陈珂没好气地说："你不要和我说。你不就是不放心吗？你有能耐，你去找人呀！"

梅不管他同不同意，自己决定了，心里想，你不要激将我，反正有一亲表哥在教育局，是人事股长，办这点事情，那还不是小菜一碟？我一大活人，也不能全听你的摆布。

那天，天气特别闷热，让人发躁，梅心里想，虽然是自己的亲表哥，送不送礼可能无所谓，但是空手到人家里总是不好，就到街上买了一箱洋河普曲，下午中饭后对陈珂说："我去大哥家，我找人办事，空手不好意思，带一箱酒。"

陈珂把手中的书一扔，"哟，送礼？你有本事不能不花钱，让你表哥帮调你过来吗？"

梅没吱声，就弯腰搬酒，陈珂上去推开梅。

"有本事就空手去！"陈珂鬼响。

"你有点过分了吧？不要说我找人办事，他是我哥哥，我去人家空手好吗？"

"你工作好好的，非要花钱调回来。"

"人家丈夫都希望妻子工作离家近，你为什么反对我调回来呢？"梅反问陈珂。

"他妈的，你回来总是和我吵，我怕你！"陈珂眼翻得像鸡蛋似的鬼叫。

梅叹了一口气，放开门空手去她表哥家。他们俩的吵架声，隔壁邻居听得一清二楚，男人嘀咕说："这两口子又吵架了。"女人说："是的，梅一回来就吵。"男人说："这不是秃子头上虱子——明摆着嘛！就是不乐意梅调动，梅天天回来，影响他的'课外'活动！"

"男人就没一个好东西！"女人气鼓鼓地说着。

暑假过后，梅调到了离县城不远的泗县中学。中午放学回来，梅做好了饭，因为中午时间紧，梅硬着头皮去喊陈珂回来吃饭。

到了陈珂办公室，没人，梅心里七上八下的，是不是又和那女的躲在哪里干好事呢？想去找，又不知道在哪里，无奈就回家了。到家里，陈珂已经回来了，看到梅就没好声气地说："你这女人，就是他妈的小心眼，大白天我能干什么？"

梅解释说："我找你吃饭的。"

这次陈珂占了上风，梅只好忍气吞声让陈珂数落了一通："你呀，就是农村人佐料，小心眼，还他妈死绝……"

这次以后，陈珂好像拾到了有理票子了，整天对梅横挑鼻子竖挑眼。梅干什么都不如他意，不顺眼，开口就骂："他妈的，要不是你拖后腿，老子早回南京吃香喝辣的了！"他每次骂梅都是这样的开场白。

梅只是忍气吞声，为的是不让人家笑话，因为梅想，当初，自己的婚姻都是蔡庄人羡慕的，找个城镇户口、有工作的男人……

在同事的鼓动下，梅买了点化妆品回来，洗完脸就在试用，陈珂不阴不阳地讥讽她："你还以为你年轻啊！打扮给谁看的？"说着骂着，上前把梅的化妆品拾起摔了。

陈珂的无理行为让梅目瞪口呆，自己深爱的丈夫怎么会这样

58

无理取闹啊？眼前的丈夫陌生了许多，梅说："你为何这样对我？"

"我愿意！"陈珂的傲慢无礼，让梅除了委屈还是委屈，"你真是遗传了你妈，没错种。"梅在心里偷骂陈珂。

期中考试结束，学校开期中总结会议，梅回来迟了。刚到门口，陈珂就开口大骂："你他妈死哪儿去了，到现在才死回来，是不是你看中哪个啦，去约会了？"

梅怕别人看笑话，就进屋，好声好气地说："学校开会的。"

陈珂霸道地骂："放你妈狗屁！我×你妈的。"

梅实在不能再听他一口一个"×你妈"地骂，语气不自觉就高了些说："你讲不讲理？我妈不吃你不喝你的，还帮你带孩子，你凭什么骂她呀？谁都有父母！"

陈珂上去一把抓起梅的头发，左一巴掌右一巴掌打在梅的脸上。结果把梅打得鼻血直流，梅就像烂面条似的无力地倒在地上。从此，他便是三天两头打骂梅，梅也就隔三岔五地请假在家里疗伤，而陈珂照样与小华如胶似漆，卿卿我我，春风得意。

十月的一天晚上，天气有点凉。本该梅上晚辅导课的，因为语文都是周二上的，周三是英语晚辅导课，结果英语老师周三有事，就临时和梅调换了。梅回家一看只有儿子一人在家里看着小人儿书，就问："宝宝，你爸爸呢？"

小宝说："爸爸刚才吃过出去了。"

女人的心是何等敏感。梅告诉宝宝不要乱走，妈妈一会儿就回来。梅来到陈珂的办公室，一看黑灯瞎火的没人，推推门，门被锁起来了。梅心里嘀咕：到哪里去了呢？想到每次的吵和打，梅心里就骂着：算了！就当他死了！

梅虽然住得和厂区有一墙之隔，但还没有去厂区的厂房转过。她若有所思地走着想着，不知不觉从陈珂的办公楼直向西走，走到了厂里的仓库处。仓库是一些废品布仓库，门半掩着。不知是冤家路窄，还是无巧不成书，梅刚要走过去，一个女人鬼鬼祟祟地蹿出来走了。梅停住脚步没有向前走，睁大眼睛看着，不一会儿一个男人也跟着出来了，原来正是自己的丈夫陈珂。陈珂一看是梅，火气陡然而生，二话没说，上去就没头没脸地打梅，手抓着梅的头发往家里拖，梅一声惨叫，他才松了手，手上缠满了梅的头发，导致梅的头顶永远留下一个秃疤。

梅欲哭无泪，歪歪扭扭地到了家里。陈珂还不罢休，梅上床睡觉了，他恶狠狠地拖起梅，边打边骂："我×你妈，你还去不去找……"

小宝抱着他的腿央求着说："爸爸你不要打妈妈了，不要打妈妈了吧，会把妈妈打死的！"

陈珂这才放了手，对梅说："你不是会找吗，行，我下次不要你找，我就把她带回来，我看你能有什么法子管老子！"

邻居听到打骂声，因为门是关起来的，都不好敲门进去，只能在门外七嘴八舌地感叹："唉！这陈珂！魂被那女人勾走了，梅跟他过什么日子，三天两头的打骂！外面有女人也不能打自己的老婆！有点过分了！"有的说："梅太老实了，凭什么呀？自己也是正式教师，也不比他差，离了算了！"年长的一位说："这女人吧，还不是因为孩子吗？你说得轻巧！离了，孩子呢？"屋里的动静渐渐地没了，大家也都摇着头，各回各的家了。

深夜，梅蜷缩在儿子的床上，儿子在她身旁睡着了。她一点儿睡意也没有。她用手捶着床，用牙咬住枕头，泪水就像断了线的珠子落下。她哀怨地在心里说："爱情离不开这床，恋爱了都渴望一张床，而同床异梦也是在床上……张小娴啊，你怎么这样

60

会总结？你是为我总结的？陈珂他曾经用爱把我带到这床上，这张床曾是我们爱的见证，我在这床上无数次地问过陈珂'你爱我吗'，他可说爱我一辈子。如今这床却是我流泪、疗伤的地方。难道真是像张小娴所说的，女人在床上流的泪，比任何地方都多，男人在床上的谎言，也比任何地方多吗？"她越想越说，越说越伤脑筋，哭红了双眼……从此，他们也就分床而睡了。

十九

小秋看到小华和一男人雨天黑灯瞎火狼狈地从野外的树林里跑出来，他不是没感觉，小华经常不回家也不是一两天的事情，回去也不是为他，而是去看看孩子，自己在老婆面前只是空气罢了。小秋的父母看在眼里，心里着急，老两口没事就会叨叨："小华天天不回家，是不是到厂里上班，嫌我家儿子丑了，和旁人好了呢？"

老头子说："哪晓得呢？"

"小秋天天就知道吃喝睡，小孩子我带着，也不知道这两口子过的什么日子！"

"唉！她有没有我也不知道。你养的这儿子就是绿帽子套他头上也不晓得！"老太婆就着急地骂，"你奶奶个×的，这儿子是我养的，不是你老东西让我给你家传宗接代的吗？"

"唉——"老头子就装死不吱声了。

其实小秋也经常去绢纺厂找小华，每当小秋去找小华时，宿舍的女工看到他都指指戳戳地窃窃私语。一次他刚出了宿舍，就听到屋里的尖叫声："嗨！你看，她男人黑不溜秋的，怪不得小华喜欢陈珂！"他脑海里出现那雨夜的情景。他不再去小华的宿舍了，但他时常会无声无息地在厂子门口转悠。

一个天朗月明的晚上，虽然是十月，稍有凉意，人们都忙着回家的回家，有事的办事，街上人越来越稀少了，只有路灯一如既往地在亮着，把四周照得一清二楚。

小秋有意识地到绢纺厂的门口。一支烟的工夫，一个熟悉的身影从对面过来，他躲在树后，侧身看着，只见小华火急火燎地向东走。从绢纺厂向东，有一小公园，那里有小湖，湖四周都是树木，沿着小湖边向南就是运河边了。河边杂树茂密，人藏在里面还真不易发现，那里是人们幽会的好去处，被誉为"爱情岛"。不一会儿从对面过来一高挑的男人，等那男人走过后，小秋悄悄地跟在后面。陈珂一直向河边走去，小秋尾随着。到了河边，小秋看不到人影，就慢腾腾地在走着东张西望，还是没有看到人影，心想，自己分明看到那男人来的，难道自己脑子出问题了？正在不知所措时，自己前面的树林里，鸟儿惊慌地呼啦飞出，再向前走几米，隐约听得树林里有男人的微喘声，伴有女人的轻吟声。他借着月光，看到那正是自己找的男人与女人靠在一棵树上，唇舌交融。男人光着的腚在狠命地顶着女人，弄得树东摇西晃，惊飞了树上栖息的鸟。小秋牛眼冒火，吐了一口唾沫，一个箭步冲过去，朝陈珂的腚就是一脚，小华鬼叫哎哟一声，两人倒在地上。小华一看是自己的丈夫，边推着陈珂，边说："快！是……是……"

还没等陈珂爬起来，小秋抓起陈珂的衣襟，左右开弓，两个男人厮打在一起。陈珂因裤子缠着，被小秋压在身下，小华使劲地抓着丈夫的衣服后襟往后拉，勒得小秋要喘不出气。陈珂趁势爬起，朝小秋肚子就是一脚。

小华鬼响："还不快走！"

陈珂一听撒腿就跑，不见人影。小华松了手，小秋喘着粗气，狠命地举起拳头朝小华砸去。小华缩着头，蜷缩着身子。拳头砸在树上，树上的枯叶哗哗地响。小秋手背鲜血直滴，小华拿出纸帮他擦血，小秋手一甩走了……

　　陈珂慌里慌张地跑到家里，梅正在拖着疲惫的身子拖地。陈珂从梅身边鼠窜过去，进了自己的房间，坐在床上喘着粗气。梅拖完了地，又把小宝的衣服拿出来洗。陈珂把自己的一身泥衣服塞进了洗衣桶里。梅在外面自来水旁，气得把他的衣服从桶里拾出来，又拿回去，心里在骂："这绝种的，又是去哪里干坏事，还把这送老衣服（寿衣）给我洗，骂着洗着，桶里的水被她弄得哗哗啦啦地响。

　　过了一段平静的日子，小华回家里看孩子，小秋妈妈正在收拾家务。小华问："老奶奶啊，裘小秋呢?"小秋妈说："没回来呢。"小秋妈望了望儿媳妇描着眉，嘴上涂的口红像刚吃过死老鼠，心里暗骂："小骚货！今天好日子啊? 知道回来了?"小华到后堂屋里，没看到孩子，就出来问她婆婆孩子呢，她婆婆顿时把手中的笤帚往地上一甩，两手卡腰，瞪着眼朝小华鬼响："你还知道孩子啊? 你这两年把这家当家了吗? 就当客栈，欢来就来，欢走就走的……"小华也不示弱，瞅了她婆婆一眼说："你说的甚话，我怎把家当客栈啦? 我不是上班的吗? 为你家苦钱的吗?"她婆婆撇了撇嘴说："哟！你看吾家哪样东西是你买的? 吾家要不是你苦钱，恐怕都饿死的咧?"小华脸红得像鸡冠，咬着牙齿说："你酸不啦唧甚意思? 我不是去苦钱你说我干吗滴?"

　　她婆婆奸笑了一下，脸一沉，卡着腰上前一步说："我说你什么? 狗偷倒头饭吃，死人明白！你苦钱的? 你那班不知哪儿来滴? 为人都要有良心，哼……"小华藐视地指着她婆婆说："你

63

哼什么哼！班是你家给的，怎样？你有本事拿回去，我不稀罕！你甭想就这破班来欺负我！"两手卡着身子向前一伸，两眼一翻，"你不要在我面前纵！"

她婆婆一跳八丈高："哟！你还能弄我两下子咧？"

小华昂着头："来你弄我两下看看？"一个骂小骚货，一个骂老东西，婆媳俩就交起手来，滚打在一起。

邻居都围来，拉开，小华头发像抱窝鸡，吐了一口唾沫说："老东西，你和你儿子过吧！"包一挎，骑车子走人了。邻居私下里嘀嘀咕咕："这小女人多厉害哟！要不是土地带人，她能有班上啊！也没良心！你看她收拾得多时髦，肯定有野男人！"

"这么好看的儿媳妇，她那傻儿子能降住啊？"说着裴小秋的老子带孙子回来了，看着门口这么多人，丈二和尚摸不着头脑。大家都相互递眼色回去了。

老头子进来院子，看老太婆坐在石磨床子上，披头散发，嘴角还有血。老头子把孙子放下，擦了一把头上的汗，解开纽扣，喘哈哈地问："怎的啦？"

老太婆就号啕着诉说和儿媳妇打架的事。说着小秋下班回来了。老太婆骂小秋："你这没有用的，女人不着家也没本事管！要是绿帽子套头也不知道！整天一棍打不出闷屁来！"

小秋摸着脑袋说："我怎就没闷屁啊，你让我怎么办呀？"

老头子吆喝说："你就不要再倒气了！弄饭吃吧。"

老太婆擦了眼泪，扎扎乱了的头发，绕了一发髻在后面，收拾弄饭了。

二十

霜降后的一天中午，天色有点灰蒙蒙的，太阳好像被一层薄纱遮着了脸，小秋厂里修锅炉，工人放假一天，小秋来到了绢纺厂门口，他买了两大碗面条，吃完了，用又粗又黑的手摸一把嘴，深呼吸一口，向绢纺厂走去。在绢纺厂门口晃荡着。

时间到了工人下班了，厂里的男人女人们都向食堂进军了，陈珂伸了伸懒腰，打一哈欠。正要锁门，小华一把拦腰抱住陈珂，陈珂掉过脸说："嗨，大白天的被人看见！"小华娇滴滴地说："好长时间你没碰我了，人家想你了嘛。"陈珂关上门抱着小华说："宝贝，我也想你！"他熟练地解开小华的下衣，熟路便捷，翻云覆雨……

陈珂问小华说："那晚被你男人看到了，他没对你咋样吧？"

小华说："他就是他妈愣种，他没屁放，就是他妈找斜茬吵了一架。"

陈珂说："不要吵，这样不好！"

小华斜挑起眼看陈珂问："嗯，你怕了？"

陈珂支吾说："不是怕。注意点影响吧。我是厂里中层领导，闹起来不好！"

小华瘪了瘪嘴说："陈珂！你什么意思？"

陈珂看小华凝视着他，他咧开嘴笑笑，凑到小华耳朵旁说："我是怕你丈夫不让我……"

小华破涕一笑打了陈珂一粉拳说："你坏！"

陈珂望了望墙上的闹钟说："天不早了，快去食堂，迟了就没饭了！"

小华出门，那脸像早上开的花，在阳光下鲜艳夺目，穿过厂里中心路，碰到先吃过的几个女人，她们一看到小华说："哟！这么用功呀！才下车间呀？"

小华说："有几个纱梭没收好。"

另一女人尖叫着说："喂！你看小华的脸好像桃花被露水滋润过的呀！鲜嫩啊！"

又一个说："嘿嘿！这就叫'雨露滋润禾苗壮'！"

"哈哈……哈！"一群女人带着笑声去了宿舍。

小华掉头，在心里骂着："呸！不然像你酸水缸里才捞上来一样！老娘就是被滋润了！高兴！你他妈送给陈珂，他还看不上你呢！"不觉到了食堂，还有些人也刚到，小华买了一份饭坐在靠墙的方桌旁吃着午餐。

陈珂锁上办公室的门，披上外套，点上了一支烟，吞云吐雾，由办公楼的走廊向东，顺着中心路走向大门口，再向东拐时，被裘小秋瞧见了。裘小秋定神一看，就是他要找的人，就是他！一股怒火在胸口燃起，他怒不可遏，他撇开人群，快速冲上去，一把抓着陈珂的衣领，恶狠狠地骂道："你这狗日的！"

陈珂被冷不丁地一弄很茫然，他掉头时，被裘小秋咣当甩在地上，陈珂一看是那晚树林里见到的黑人，很快怒气转化成他进攻的动力，他用力抓住小秋的衣领，狠命地摔甩，一心想把小秋摔掉，可是小秋身子重重地骑在他身上，晃了几下并没有从他身上甩到地上，两人你一巴掌我一巴掌打着，撕扯着，陈珂鼻血直流……

看到厂子门旁出乱子了，刚才零散的人立刻围聚过来，这些热心肠人也不午休了，都过来看热闹，把他们两人严严实实地围着。陈珂和小秋实力基本相当，但目的不同，小秋就是要狠狠地打，消气，陈珂是想早点脱身，可是裘小秋死死地抓着，两人滚打在一起，像滚雪球一样，一时滚过来，一时滚过去……一会儿，绢纺厂就像炸雷一样："快到大门口啊！看西洋景喽！小华男人和陈珂打起来啦！"

66

小华吃过饭，还悠闲自在地走着，看一群人直奔厂门口，莫名其妙地想："这些人神经了!"当她走到厂门口时，一堆人围着，她好奇地扒开人群，一看是自己的丈夫和情人陈珂滚打得像泥牛，她惊呆了，一时不知所措，呆鸡似的站着。人们看到小华都指指点点的，她清晰地听到：

　　"你看就是小华的男人!"

　　"是的，他上过我们宿舍!"

　　"这会儿子呀，小华和陈珂的丑事像被当场抓着一样，公布于众!"

　　"是啊!喂!你看到陈珂女人梅子没?"

　　"没有!你看!那是不要脸的小华在对面了!"

　　"哦!真的哟，看她怎么见人!"

　　人群中你一言我一语的议论，让小华恨不能地上有洞钻进去。就在两个男人滚打得正欢时，警车开来了，把两个满脸都是血的男人带到城西派出所去了。

　　梅做好了中饭，等陈珂，可是好长时间也没见人影，她不再去找了，免得打和吵，这是其一；其二，也许陈珂到厂里食堂去吃了。她和小宝吃过饭，稍微在沙发上躺了一会儿，小宝追着要上学，梅起身洗把脸，放门倒水，一看好多人手里还拿着碗，一边走一边议论，看到她就戛然而止，她瞟了一眼人群，都是后面集体宿舍的女人，心想无非是说自己丈夫和那个不要脸女人的桃色新闻，叹了一口气，自言自语着："管他呢，反正不是我做丢人事。"带孩子上学去了。

　　陈珂和裴小秋被带到派出所，警察问话进行笔录。

　　"你们各叫什么名字?"

　　"我叫陈珂。"

"吾叫裘小秋。"

当警察问他们为甚打架时，陈珂说："我不知道，我下班回去路上，被他从后面袭击的。我是无辜的受害者！"

小秋立马抢上话题："你狗日的放你妈屁！"

警察吆喝说："这是派出所，有事说事，别胡来！"

警察问陈珂："你还有要陈述的吗？"

陈珂说："警察同志，我只强调一点，我是无辜的！别的没有。"

警察问裘小秋："这回该你说了。你有什么陈述上来？"

小秋说："他睡我女人。"

陈珂说："你疯啦？"

警察惊讶地瞪着眼，扫视一下两个人后对小秋说："裘小秋你说陈珂睡你老婆，你有证据吗？"

小秋理直气壮地说："有！"

警察说："你把证据拿上来！"

小秋抠抠脑袋，就把阴天那晚和西湖运河边树林里看到的说了一遍。

警察说："就你一人看到的？有其他人为你做证吗？"

小秋摇着肥猪似的脑袋："没……没有，不……我老婆可以证明，她被他睡过，她知道怎睡她……"

警察都扑哧地笑，又不能大笑，只有用手捂着嘴闷笑，个个都笑得前仰后合的，有的差点把大盖帽笑掉，连忙两手扶着有国徽的帽子……

警察收住笑对小秋说："裘小秋同志，你反映问题要有证据，没有证据不能信口雌黄，你说人家睡你老婆，你有绿帽子戴，好看啊？即使你说的是事实，你有证据，我们也没法处理这档子事。我们只能处理你们两人打架斗殴的事情。你懂吗?"

警察看看他们都是相互差不多的伤,小秋脸上被陈珂抓了几道血痕,脸上青一块,紫一块,陈珂嘴唇被抓破,鼻子流血,头上一大包。警察对他们进行了批评教育,让他们写了保证书。

小华披肩烫发头,上身穿着玫红时尚的滑雪衫,把脸映衬得绯红,下穿微喇的黑色喇叭裤子,脚蹬一双黑色高跟皮鞋,翘胸挺挺,肥臀上撅,一进了派出所,犹如万绿丛中冒出一朵石榴花,吸引了所有人的视线。

陈珂和小华视线那么诡秘地交会一下,立马切割开,小华尴尬的脸像火烫一样红,陈珂勾着头,小秋看到小华,就对警察说:"她就我女人,你问她,她知道他们两人是怎睡的。她是证人!"

派出所立刻鸦雀无声,小华飞起一脚,没把裘小秋踢倒,自己反而被裘小秋的肥体弹得向后趔趄一下,要不是桌子抵住了腰,就摔倒了。她气急败坏,龇牙咧嘴地骂:"你,你他妈脑子进水了吧!你绝你妈嗓根子吧。"警察相互交换了眼色,办理了手续,示意走人。

出了派出所的大门,小华对小秋说:"你走吧,我马上和你离婚!你既然说我和他有关系,就有!他比你强!"说完,吐了一口吐沫,掉头回绢纺厂了。裘小秋歪着脑袋斜着眼,瞥了一眼小华的背影,自言自语说:"离就离,反正我睡不到你!"

派出所里的警察,在他们走后,都笑得砍头撞脑的,队长都笑得被口水呛得直咳嗽,都说没有见识过这样的呆鸡。

陈珂和厂长刚走了几步,陈珂顿觉天昏地暗,头晕腿软,趔趄一下,躺倒在地上,厂长连忙叫人帮忙将陈珂扶起送到厂卫生室,医生查了一下,对厂长说:"没大碍,陈科长没吃中饭,又流了鼻血,紧张,有点低血糖,挂点能量就没事了……"

梅下班后回到家里，一看洗衣桶里有一件满是泥土，还有血迹的衣服，愣了一会儿，疑惑地摇摇头，到屋里一看陈珂面色灰暗，头上一大紫块，嘴唇肿得像猪唇，蒙上一张白纸就能哭了。就问："陈珂你怎么啦，这衣服上这么多血？"

陈珂吃力地睁眼瞟一眼梅说："低血糖，跌倒，摔的！你有能耐作呀？作死我你好过？"

梅一听，就转身出来，心里想：不知是谁好日子不过，作死的！梅拿着衣服到自来水旁去洗，下班的女人们看到了，就问："哟，蔡老师洗衣服啊，哟！这衣服上哪儿这么多血呀？"

梅说："我们家陈珂低血糖摔倒了，跌破了鼻子。"

"那要好好休息了！"

"谢谢！"

一个一个的伸舌弄眼地走开了。

小华气急败坏，一张离婚申请把小秋告上了法庭，经过多次调解，小华都坚持说两人是父母包办，没有夫妻感情，坚持要离婚，小华和裘小秋本身就没有拿结婚证，只是事实婚姻，六个月后，最终城西法院对小华和裘小秋的离婚案判决："小华结婚时的嫁妆归小华所有，孩子由小秋抚养，小华按年给抚养费。"小华真正单身了。

一天小华穿着大红呢子外套，一身香气出了宿舍，室友相互交换了眼色：

"喂！你看这下多时髦！"

"什么东西？忘恩负义的人！要不是人家土地带人，她能成正式工啊？没良心，还不要脸！就是她先勾搭陈珂的。"

"也不能这样说。她那男人恶心人，与她不般配，也难怪她看上陈珂！陈珂多帅啊！"

"哎呀，你们都咸吃萝卜淡操心，也没有勾你家男人，管这事干吗？"

"嘿，碍我屁事！就说说呗！"

不一会儿，小华推门进来了，一个个神秘地"嘘……嘘！"

顿时宿舍又是鸦雀无声。

元旦节晚上，绢纺厂礼堂正在放映新电影，小华和陈珂在西湖边幽会，陈珂坐在长椅上，小华躺在陈珂的怀里问："珂，我一人了，我爱你！你爱我吗？"

陈珂说："爱你，这还用说吗！"

两人吻了一阵子，小华起身说："爱我？那你什么时候和你的那黄脸婆离婚啊？"

陈珂愣着没有及时回答。她双手搂着陈珂的脖子，使劲摇晃着肥臀："珂！嗯……你说嘛！人家就想和你在一起，人家天天夜里做梦你搂着我……我想死你啦！"

陈珂抱着小华说："我知道，这事慢慢来吧！"

小华有点生气地说："宿舍那些绝女人，我一走就在背后捣鬼，天天指指戳戳地说我坏话！"

"管她们说啥呢！只要不当你面说，你不要理会她们！"

"你说轻巧，我这样和你哪天能光明正大地在人前啊？"小华说着挤出了几滴泪，陈珂连忙安慰说："好了！好了！你给我时间，只要时机成熟，我会抓紧的。"陈珂把小华重新抱在怀里，对着小华耳朵说："我没离婚照样还不是都和你在一起吗？"小华破涕为笑。

二十一

二十世纪九十年代的春天，风和日丽，春晖灿烂，桃李映红

71

了女人的脸。农历三月十九是梅母亲的生日。每次父母的生日，都是陈珂和孩子陪她一起去，今年恐怕只能她一人带孩子去了。她又不想这样，因为自己的父母已经不年轻了，她不想让年迈的父母为自己操心。她硬着头皮到陈珂的床前说："陈珂，天不早了，早饭好了，起来吃饭。"陈珂睁开睡眼看了一眼梅，立马翻身脸朝里。梅还是鼓起勇气哀求说："我妈今天过生日，我们是夫妻，一日夫妻百日恩，你就看在夫妻情分上和我一起回家，好吗？"陈珂今天心情还好，没有带上他那难听的口头禅了，只是撂了一句："我没有时间！"梅听了之后，怒不起，伤不起，只好带着孩子吃完早饭，乘车回乡下去了。

到了家里，她妈早已做好他们喜欢吃的菜。刚进屋她妈就问："陈珂怎么没来？"梅只好撒谎说："单位里忙，没法来……"还替陈珂说了很多好话。女儿是母亲的心头肉啊！她妈望望闺女黄巴巴的脸，就心疼地说："乖乖呀，你是不是病了，怎么这进城了瘦这样啊？"梅只好打掉牙往肚里咽，强收眼里打转的泪说："没有，妈妈，可能到新学校，还不太熟悉，上班累的吧。"梅妈有点将信将疑，把梅拉到房里问："是不是你两口子吵架了？"梅强笑否认说："没有。"

中饭后，梅就想回去，梅妈看女儿一脸憔悴，就说："天还早着呢，睡一会儿再回吧！"其实梅哪里想回到那个名存实亡的家里，看着母亲苍老的脸庞、花白的头发、焦灼的眼神，梅心里一阵刺痛，鼻子一酸，泪花模糊了眼睛。她多想躺在母亲的怀里，倾诉自己的遭遇和痛苦。母亲噙着泪说："又不能在这儿过一天，明天还要上班，你看你怎么累成这样，去躺一会儿吧。我叫你哥把你送回去。"梅就在母亲床上睡了。她抬起双手在空中划拉着说："蔡梅啊，你当初不该握错了男人的手！"

小宝和他舅爹去外面玩了。梅躺在妈妈的床上如同回到自己的童年，感觉是那样温暖，不一会儿就睡着了。梦里，一会儿是在妈妈的怀抱里撒娇，一会儿是在芦苇荡里和陈珂戏闹，一不小心被石头绊倒，跌进沟里，自己怎么使劲也爬不上来。陈珂站在那里看着她就是不伸出手拉她一把。她正着急，小宝回来的声音吵醒了她。原来是一场梦。她叹口气，便起身。她妈看她起来了，就收拾好东西，让她大哥送她娘儿俩。

　　她妈不舍女儿走，梅咬牙说："妈你别送了，我没有事情，过段时间再回来看你。"告别了父母，上了哥哥的手扶拖拉机，走出老远还能看到父母站在路头望着她，心里痴想，我为什么要长大嫁人呢？到了镇上，正好班车没走，梅和孩子乘上车，就让哥哥回去了。

　　到家还没到六点。她开门，可是怎么也打不开，门被反锁了。梅感觉回来得真不是时候呀！

　　的确，陈珂和小华在里面云天雾地激情如火，酣战正欢。突然的敲门声打扰了他们的兴致。床上妖媚的女人一下子面如死灰，陈珂示意她不要害怕，自己不紧不慢地穿衣服。穿好了，陈珂把门打开，还恬不知耻地把那个女人搂在怀里，羞辱梅……

　　梅心里的怒火喷喷直冒，指着那女人鼻子说："原来就是你在勾引我的丈夫！"再想说什么，浑身发麻，腿一软就倒了下去，什么也不知道了。此时的陈珂根本不顾梅的死活，说："你要死就快死……"丢下梅，带着孩子与小华下馆子去了。

　　等到梅醒来时，发觉自己一人躺在冰冷的地上。她慢慢地扶着凳子和桌子起来，倒了一口水喝，拿了被子躺在沙发上闭起眼睛。直到晚上九点多钟，陈珂酒足饭饱地带着儿子回来。

　　小宝跑到梅跟前哭着说："妈妈你怎么了？你吃饭没？"梅泪

如泉涌："妈妈累了。"小宝看梅一头汗就问："妈妈你生病了吗?"梅说："妈妈没病，就是有点不舒服。你明天要起早上学，快去睡吧!"小宝听话地回自己里屋睡了，陈珂的呼噜声也从卧室传出来。梅独自一个人躺在沙发上，头昏昏沉沉，如炸开似的睡不着。

月光透过窗户照在屋里，照在梅眼角的泪珠上。夜是那么寂静和清冷，梅的心是那么孤独与无助!

二十二

第二天，梅拖着沉重的身子做了早饭，硬撑着喝几口汤再也没胃口了。孩子上学了，她也推着车子摇摇晃晃地去上班，走着走着，她就觉得眼前发黑，腿和手发麻不听使唤，一下子就躺倒在路边了，不能起来。此时正是上班的高峰期，一个同事看到梅跌倒在路旁，就拨打了120，把梅送进了医院。经过 CT 检查，梅是脑血栓，必须住院治疗。同事把身上仅有的几百元钱都垫上，又拨打 114 查到了陈珂的办公室电话，她打了过去。陈珂说："她好好上班，住哪门子院?"同事就把电话给医生，让医生和他说了。他才回答："我有点事，等会儿过去。"医生大声地说："你妻子死活与你无关吗? 病人要立马住院，你赶快过来交费。"陈珂才答应过去，心里犯嘀咕："他妈的怎么说病就病了呢?"

他到医院，看到梅在急诊室里挂水，鼻子插上氧气管，才相信梅真的生病了。他问医生："她怎么啦?"医生说："脑血栓，可能会有后遗症。"这时陈珂才感到问题的严重性。医生又问："你妻子之前有过什么症状?"他支支吾吾说不出来。医生看他说不出所以，就嘀咕一句："年纪轻轻的，怎么得了脑血栓呢?"医生看陈珂对梅漠不关心，相互猜说："这女人肯定是婚姻不幸福，她男人得了健忘症吗？自己妻子的不正常也没有印象，还有做丈夫的责任心吗？"另外一个护士说："女人啊，找到好男人，擦粉戴花，找个孬种男人就哭爹喊妈……"陈珂听着，是否心知肚明，是否有愧疚之心，只有他自己知道。

医生说："你是来交钱的，还是来看热闹？"他这才交了一千元住院费，把梅送进了病房，自己就回去了。

下午三点多钟，梅醒来了，慢慢地自己想动，可是爬不起来，病友家属连忙帮她叫来医生。医生看看床头的心电图，又听了听她的心跳，还很满意，就把她脸上的氧气罩拿下，问她："你现在感觉好吗？"她点点头。又问她饿不饿，她也点点头。医生叫她抬抬腿和手，可是她右手就是抬不起来。医生都相互交换了眼神。她有气无力地说："我怎么会在这里？"医生安慰她说："你是低血糖，晕倒了，同事把你送来的，你住几天就好了。"医生用手压了一下她的左手，还有感觉，但是右手就没有了。

亲情是割舍不断的，无论有多远，总会有那无形的心灵感应，自梅回家后，她妈妈觉得眼皮老是跳，女儿那一脸忧伤叫她心神不宁的，她默默地在心里祈祷着儿女们的平安，夜夜辗转反侧睡不着。这天一大早就起床了，叫上老头子，一起到县城看看女儿。

到了绢纺厂的生活区，梅家的门是锁着的。老两口都认为女儿女婿上班了，只好在门口等着。不一会儿，隔壁出来了一位和梅妈妈差不多年纪的妇女。看到老两口，似乎想说什么，又有点欲言欲止的样子。梅妈妈上前问了一句："大姐，陈珂在这厂里哪里上班啊？"妇女端详了梅妈说："你是梅妈妈吧？"梅妈应了一声："是的，也不知道他们两人多会儿下班？"妇女听了，"唉"

的一声叹了口气。梅妈看了女人的举动就问："大姐，我闺女她怎么啦？"女人又长叹一口气说："梅前天上班在路上晕倒了，好在被她的同事看到，及时送到县医院，听说是脑血栓，在医院住院了。"梅妈一听是脑血栓，眼泪哗哗直流，说："我闺女几天前回去，那脸就蜡黄的，我说有病，这年纪轻轻的哪儿来的血栓呀！"梅妈一把鼻涕一把泪的，女人就劝说："大姐，脑血栓不碍事，你别哭，赶快去医院看看吧！"老两口就动身去医院了。

到了病房里，梅妈看到自己的女儿，乱蓬蓬的头发，水肿的眼睛，灰暗的脸色，郁郁闷闷地睡在病床上，自己当初那个甜美明媚、说话笑盈盈的小梅哪儿去了？梅妈泪水奔涌而出，一声声乖长乖短地问："你怎么就不知道照顾自己啊？你怎么一人在医院？都病成这样了，陈珂呢？他怎么没来照顾你？"梅看着父母，想到陈珂背叛自己感情的恨、家庭暴力对身体的伤害、受到的辱骂……爱恨情仇河流的堤坝一下子被酸甜苦辣的泪水冲开，她哇的一声大哭起来，同病房的人都目瞪口呆。母亲抱着闺女说："乖乖啊！你一定是受了不少委屈，你想哭就在妈的怀里哭出来吧。"

蔡大个子拍拍梅的肩说："好了，你别哭了，你看我和你妈大老远地来，你有什么委屈就和我们说说，别老是憋屈在心里，你憋出病了，叫我和你妈怎么过呀？"病友们也都劝说着。蔡大个子佝偻着腰，端来了洗脸水说："洗洗脸吧。"梅妈帮女儿洗了脸，又把女儿头发梳理好。蔡大个子要到外面买点饭菜来，梅说："大，我没有胃口。"她妈说："人是铁饭是钢，多少要吃点，我和你大也没吃。"梅点点头……她妈心疼地喂着梅吃饭，梅吃两口说不想吃，她就不停地让梅多吃点。一边喂着，一边小心翼翼地说："梅啊，不论有多大事不能自己一人扛着，这样对自己

76

不好，有的事情能忍得了，有的事情不是忍了就能过去啊，你的秉性，我知道，你呀想忍，那忍不了，就不能忍，该说的没憋屈啊！"

这时候梅心里也平静了许多，事到如今，也不能再隐瞒了，迟早要告诉父母的。她看了一眼父亲说："大，妈，我不能再和陈珂过了，等我病好了，出院就和他离婚！"老两口丈二和尚摸不着头脑，很吃惊："离婚？你们不是说过得好好的吗？你俩吵架了吧？老话说得好啊，'天上下雨地上流，两口子吵架不记仇'，不能说离这伤感情的话。"梅说："妈，我本来不想告诉你们，现在瞒不了了。我和陈珂，这辈子算是西北风冷情了！"她就把陈珂有外遇，三两天打骂自己的事情一五一十地告诉了父母。

梅妈说："你说你这几年过的什么日子？"一病友道："唉，'会做媳妇两头瞒，不会做媳妇两头传'，大嫂啊，你闺女好人啊！"梅妈妈说："要人说好命就没，我这闺女从小就憨厚。"梅叹了口气说："这婚姻都怪我自己，大大妈妈年岁大了！我……我……"说着就失声哭了……

梅妈愤怒着说："我说呢，自打他进城后，你气色就不好，回家，我问你，你不说，我和你大都能看出来，我也看出来陈珂越来越不是东西了，到我们家不是嫌这儿脏就嫌那儿脏的。他一下放时，不会做饭，饿急了，没洗的泥歪歪的山芋拿过来就啃，那就不晓道脏了！我家饭他也没少吃，这苦种，心被狗吃了！你也没用，那不要脸的在厂里，你不能去找她呀？不能说离就离了，不行，不能便宜了他们，我去找他厂里领导，看他们领导这什么东西，让绢纺厂人都知道那卖货，不要脸……"

梅说："妈，你就别去闹了，他是小宝的爸爸，你去闹，让他在人前怎么抬头呀？再说我身体现在一时好不了，你和大都老了，你身体也不好，还要伺候我，你气出病了，怎么办呀？等我好了，让我自己解决吧。""大闺女说的也是啊，他是小头目，看在孩子分儿上，能迁就就迁就呗。真是大姐大姐你没睪，一个孩子就出像啊！不到万不得已，婚是不能离的。"病友劝说着。

母亲又生气又心疼地说："都这样了，你还护着他？"她望望老伴，蔡大个子说："闺女话没错，现在要紧是把闺女病治好了，以后，他们的事自己处理吧！"梅妈气狠狠地望着老头子说："你那牛脾气呢？这回就没啦？"蔡大个子叹口气"唉"到门外，蹲在墙角"吧嗒吧嗒"抽烟，恨不能把烟吞到肚里。

其实，梅嘴上是这样说，心里还是像一块大石头压着。晚饭后，吊水挂完了，老两口出去买点日用品，梅躺在病床上，思前想后：如果真走到离婚这一步，一个带着孩子的女人，前面的路该有多难走啊。她不是痴人，可以想象得出来。头脑里一团乱麻，理不出思路，她揉揉太阳穴，闭着双眼，心里总是矛盾，不想吧，又在脑子里晃，想吧，也没用，只能闭目睡吧。

二十三

梅住院快两周了，单位的领导和同事都陆续地来看望梅，还有梅班上的学生。领导的问候、同志的关心、学生的爱戴，让梅心里得到很大的满足和快乐。

有时，她一听到门外的脚步声，还是会产生错觉，以为是陈珂来了，她心里不断地说，陈珂你来吧，只要你来，我会原谅你，我爱你的火没法彻底熄灭啊！你回头，给我们的儿子小宝一个完整的家吧！

只是，陈珂始终没有来，这阵子他真的很"忙"，忙得没时间到医院。随着改革开放的挺进，全国各地的大中小国有企业面临改制，泗县绢纺厂也不例外，何去何从，人心惶惶，陈珂也在忙着自己的前途，这只是其一；其二，小华就像一块磁性特强的磁铁，牢牢地吸引陈珂，她就像大烟一样，吸了就戒不掉，让陈珂魂不守舍；其三，小宝要吃饭上学，以前是梅伺候他们，他一个连油瓶倒了都不扶的人咋伺候孩子，手忙脚乱地做出饭不是盐放多了就是没咸味，小宝不吃，他只好带孩子去外面买吃的。

　　小宝可怜巴巴地问陈珂："妈妈什么时候好啊？回来做饭给我吃。"陈珂试探地说："小宝，你妈妈要和我离婚，你跟谁一起过？"小宝说："我不和你过，我要和妈妈过，妈妈比你好。""小兔崽子，你和她过，老子图个清静！"陈珂骂着小宝，把小宝骂得哇哇地哭。

　　又是一周过去了，小宝吵着向他要妈妈，陈珂就把孩子送到病房门口，自己掉头就走。梅一看到儿子，身子似乎好了许多。小宝在医院玩了一整天，晚上不肯回去就住了一宿，第二天早上，蔡大个子把小宝送到学校。

　　一个月后，梅出院了。在她妈妈的精心护理下，恢复得还行，能自己走路了，就是右手还没有知觉。医生叮嘱不能再受刺激，还要静心休息和康复调理。梅妈说："这男人有了别的女人，哪有心思放在病恹恹的妻子身上，回她自己那个名存实亡的家，还不被那狗不吃的折磨死呀？"蔡大个子说："带回家。"老两口决定把女儿带回乡下去调养。蔡大个子到梅家见到陈珂，本想狠狠地揍他一顿，可他看到了小宝，还是忍了，告诉小宝，妈妈去老家养病了。拿了梅的换洗衣服便走了。

二十四

梅到了自己的家，好像又回到了童年。每天吃过早饭，梅和她妈到村里随便走走转转。她气色开始好转，两腮又有了红晕了。

湖边的六月，微风阵阵，这时候除了各家各户的田间管理，没什么农活儿了，年轻人都到城市里打工赚钱，庄上都是老人、妇女、孩子。人们都聚在庄子头的小河边树下乘凉，梅和她妈也在那里。小河边一条小路连着两庄子，过了小桥就是通往湖底的大道。老太婆们有的在理韭菜，有的在扒豆角，正有说有笑着，老头们都在抽烟，闲说那年那事。一声汽车喇叭响，唤起了所有人，大家一看都惊讶地说："小轿车来了，又是哪一级大干部下乡了！"车子缓缓地开过小桥，停在路旁，人们都拭目以待。

车子前后门同时打开，从前门走出来一五大三粗的大高个子，黝黑的脸，臃肿的身躯，套着白色衬衫，黑色的裤子，脚穿一双北京布鞋。后门走出一个珠圆玉润的女人，脖子上戴着明晃晃的项链，手腕上的金镯金光耀眼。还有一对小儿女，皮肤白皙得像洋娃娃。大家都像发现新大陆一样惊讶地张着嘴。

老队长突然鬼响说："哟，你……你是他妈刘蛋吧？"黑大高个子说："是啊，叔，是我……刘蛋！"队长抬起老腿走到刘蛋面前，用老胳膊捣了刘蛋一拳："你跑哪儿去了？多少年不见人影！"刘蛋摸着脑袋嘿嘿地笑着，边散烟边说："叔，我和二丫哪敢回来？"队长把烟放在鼻子上闻闻说："乖乖，这洋烟真香啊！"刘蛋啪一声打开打火机帮队长点上烟，队长啪嗒啪嗒地抽两口说："刘蛋你这是什么洋烟？还不如我这老烟叶杀口咧！"刘蛋说："叔！这叫茶花烟，名牌，是卷烟，没有你那烟叶劲大！"其他人都七嘴八舌说："你就是抽老烟叶命，好烟你也抽不出好来。"妇女们都围着二丫，问这问那的。二丫拿出城里的糖果分给大伙儿，边回答婆婆妈妈的问话："二丫，俩孩子是你的?""是的，婶子。""多俊的一对孩子！""二丫真是有福气，过得好啊，穿金戴银的……"

梅站在旁边像木鸡，走也不是，不走，她心里像五味瓶打翻了，苦笑着的脸还不如哭好看呢，她使劲从脸皮里挤出笑容看着二丫说："二丫你回来啦。"

二丫一眼认出梅，上前说："是啊，这不是梅吗?"梅僵硬地笑着答："嗯，是的。"二丫上下瞧着梅，梅不好意思地低着头，二丫脑海里立刻跃出梅年轻时粉嫩的脸，不由得"啊"了一句说："梅，你女大十八变，变得我要认不出你了！"梅说："是啊，你变得漂亮了！"梅妈接过话茬说："二丫，婶子家有事了，我和梅回了，你多过几天，到婶子家来做客。"然后拍拍刘蛋，拉着梅回了家。其他人又是一阵嘀咕："唉，当时多风光啊！找个知青，后来当工人，人家现在回城嫌弃梅子了，还是二丫有福气……"

梅进了自己屋里，不由自主地哗哗流泪。蔡大个子说："庄头乱哄哄的干什么?"梅妈说："二丫和刘蛋回来了。人家二丫白白胖胖、穿金戴银的，刘蛋还开一辆叫桑塔纳的小汽车！"蔡大个子把烟袋锅在鞋底上磕了磕没吱声。梅妈又说："我闺女也不差，真是男怕入错行女怕嫁错郎，种不好庄稼一季子，找不到好男人一辈子，唉！"蔡大个子用脚踢了梅妈一脚，指指堂屋，梅妈不吱声，做饭去了。

二十五

二丫和刘蛋回来的消息，在前后两庄炸了锅，老人孩子都出来看热闹。

人们围着刘蛋的车叽叽喳喳："乖乖！这车子还照人影子咧！"

"孬种刘蛋混出人样了！"

"这都是大官开的车啊！"

刘蛋笑说："大爷！这车叫桑塔纳2000。"老人说："妈的！我知道名字，像小手扶拖拉机，不也是开的时候要用手扶着吗？一样的，三台啦（桑塔纳），就是能拉动三台拖拉机呗。"另一老汉说："妈的！刘蛋，我懂，那泗县酒厂的酒叫他妈绝种（甲种）白酒，你看前几年逮女人去结扎，不让养孩子，这不就叫绝种白酒吗？"刘蛋笑得被口水呛得直咳嗽。

再说大吊瓜一听二丫回来了，拄着拐杖，在二丫妈的搀扶下，一瘸一拐地从家里出来，大吊瓜歪着嘴问："二……丫……呢？"女人挤着风泪眼说："走啊，在庄头了。"队长吆喝说："不要围了，让他们回家吧。"人们就跟着二丫他们向家里走去。刚走几步二丫看见她大和她妈，连忙上前："妈！大！"大吊瓜流着泪骂："日……妈……刘……蛋……子你……"二丫妈捶了他一下："孩子回来就好！"一群人簇拥着二丫几口子进了用树枝围成的院子，二丫一看，还是自己走时的三间土屋，不同的是草屋顶换上了灰瓦，屋里还是自己走时的桌子凳子，都一层灰，二丫看着心酸地流着泪。

看看要到了晌午了，女人们都回去做饭了，队长对自己老婆

82

说："你回去做饭，杀只鸡，还有鸡蛋什么的，你凑凑，刘蛋四口就到我们家吃中饭吧，你看大吊瓜家里乱糟糟的。""好！我回去做！"女人连忙起身说，"二丫和孩子到我家吃饭啊！"二丫说："好的，就麻烦婶子了。"

二丫妈烧了开水，用蓝边碗每人倒了开水，二丫问："大，你腿怎么啦？"队长说："你大就是享福命，农业社没苦什么，分田到户，人家又是脑血栓，还'栓'着腿了，真是应了那句老话：'无福海嘴，有福海腿。'你大不就是吗？一辈子大半截身下土了，不用苦！"二丫妈说："老队长啊，你给他石磨不嫌重，给他尿脬不嫌轻，就不提他这懒种了吧。"大伙儿说："人家可是懒人有懒福！"大伙儿正说得热闹时，队长孙子来喊过去吃饭。中饭后，刘蛋说："叔！明天我请全村老少爷们喝酒。我家没有地方，还摆你家，我和二丫去买菜，叔你招呼人，来你家。""好，有种！"队长撇着掉了牙的瘪嘴说笑着。

第二天，刘蛋开车到了街上，买了好多菜，鸡鱼肉蛋，大包小包，还请了厨子，帮着忙乎。队长把留在家里的老少爷们都叫齐。

蔡大个子推说咳嗽死活不去，队长生气地骂："你看你熊样，老母猪不大牌子还不小咧！人家刘蛋请的，你是长辈，不去，孩子心寒！"蔡大个子头摇得像拨浪鼓。队长一气："不去拉倒！"手一背出了门。梅妈说："你这倔驴！去就甚话不说呗。"他眼一翻："要去你去！"坐在石磨床上抽着闷烟。

晚上，队长家里热闹非凡，推杯换盏，笑声满院，队长对刘蛋说："刘蛋，你他妈那时候带二丫走，胆子真大，还把队里一头大黄牛卖了！"刘蛋起来端着酒杯，摸摸脑门子说："嘿嘿，叔，你就别提了吧！我要不那样……"手指指老丈人大吊瓜。

"哈哈哈，你脑瓜子够用！"队长拍拍刘蛋后背说。

"刘蛋啊！你这次回来还走不走呀？"

"走，哪能不去呢？要不是二丫天天叨咕着要回来看看二老，我哪能走开呀？公司不能离人。"

"妈的，你给老子说说你出去咋闯的？"队长一听神气活现地两条腿蹲在板凳上，伸着头问。

刘蛋眼泪巴巴地说："叔，你不知道啊，出去也不容易啊！那可是'在家千日好，出外一时难'啊！我和二丫出去，身上只有偷卖牛的一百多元钱，吃不起饭，住不起旅店，夏天睡人家的廊檐下、桥洞里，冬天天气冷，就住在医院打吊针的屋里、车站候车室里，夏天蚊子咬，冬天寒风吹得瑟瑟抖，钱用完了，就一路靠拾垃圾卖了糊口。跑到上海后，又不识字，没有工作，还是拾垃圾卖。"

队长用手摸了一把汗和泪说："乖乖，真不容易啊！"

刘蛋抿一大口酒继续说："幸亏我们拾垃圾，有一次，我在垃圾桶里捡到一只旧的女式皮包，二丫说好看，就打算留自己用，打开包的里层看到一个金光灿灿的东西！你猜咋的？竟然是一条金手链，妈！农村孩子哪有享受穿金戴银的待遇？二丫拿在手，往手脖子一套，好看。我说，二丫你要是喜欢，我们就留着，反正是捡到的不是偷的！要留着，就赶紧走。将走几步，二丫站着不走，我就问，怎的？二丫说还是不要吧，心里不踏实。我说有甚不踏实，不是偷的。二丫说，你看人家东西丢了找不到心里急，多难受。二丫说着就往回走，包拿在手里站一上午，没人问。"刘蛋停了一下，又喝了一口酒，接着说："第二天又去，下午四点多，一个老太太急急忙忙跑到垃圾池，拿火钳子拨动垃圾，我上前问大娘您老找甚呢，嗨！上海人听不懂泗县土话，我就撇着说几遍，加上做手势，她才明白我的意思。二丫把手链给她看看，她见手链，就要喜死得了。"

队长的眼睁得圆溜溜地插话："那后来呢？"

刘蛋扛扛头说："她知道我们没有住处，就把她家的车库给我们住，他儿子有个工厂，我就到她儿子厂里做活儿，晚上下班，我还是打着手电筒捡垃圾卖。后来我们有了孩子，我又承包一个小区的垃圾运送，多苦一份钱。苦了一段时间，手里有了一点儿结余钱，买了一台旧的小货车，边上班，边帮人家超市送货。经过磨炼，自己有了经验，就弄了一个物流公司。钱多了，我们就在上海松江区买了一套房子……"

队长一听来了精神，端起酒杯说："来，他妈的，我们湖底边也出老板了！喝！"刺溜一杯就又倒下胃里。在场人都夸："刘蛋有种！"刘蛋被夸得嘿嘿笑，端起酒杯说："来！我敬各位长辈一杯！"喝完掉过脸朝队长说："叔，我后天就回去了，大和妈，我和二丫商量了，也带走。"队长捣大吊瓜一拳说："你这老东西，半截身下土还成了海货了！""哈哈哈哈……"大家笑得嘴里菜星乱喷。露水打湿了小草时，人们都醉意沉沉地摇晃着回各自的家……

二十六

时间过得真快，一转眼暑期又来临了，小宝放假来到了梅的身边。儿子的到来给梅带来了许多欢乐，梅气色渐渐地好了起来，人也精神多了。

一天下午，晴空万里，梅觉得身子轻松了，她对她妈说："妈，我想出去透透气。"小宝雀跃地说："我也去。"梅走着走着，不觉来到了她最熟悉不过的湖边了。

火红的太阳高挂在西天，夕阳下的洪泽湖俨然一幅水彩画，一阵风吹过，岸边碧绿的芦苇沙沙地响，水面泛起橘红色的波光，一波高过一波，犹如美丽少女，挥舞手中的丝绸带，跳着欢快的水上芭蕾。

梅坐在岸边的礁石上，望着见证过自己爱情的芦苇荡。几只水鸟呼啦从芦苇里飞出，在湖面上或俯冲，或高飞，或盘旋。梅心潮翻滚，她望着鸟儿说："鸟，你有自己的翅膀，能飞往自己的方向，找到自己的归宿，可我的归宿在哪里？都说婚姻是爱情的坟墓，我真的走进爱情的墓穴了吗？"她自己说自己听，倒是小宝看他妈自言自语，不觉好奇地问："妈妈你和谁说话呢？"梅说："我和不堪回首的往事说呢。"小宝茫然地看着梅，不知何意。

梅抚摩着儿子的小团头，心里对儿子说，儿子啊，你不懂，妈妈的婚姻如今是血泪相掺，婚姻对妈妈来说只是一个空壳了，如今爱没了，尊严也没了，家是妈妈的地狱，妈妈的灵魂深处暗无天日，自己的忍辱负重换来的是你爸爸把妈妈的尊严踩在脚下。不过现在，爱虽然随风飘走，至少妈还有你……

天色渐晚，梅擦干了泪水和孩子往回走。

梅生病的这几个月，陈珂和小华如鱼得水，用小华的话说："一不做二不休，自己是单身，公开偷，偷也偷得潇洒浪漫！"一天早上，小华鬼鬼祟祟地从陈珂家里溜走，邻居们都私下议论：

"唉！这不要脸的女人！好好一家被她弄得乱七八糟！"

"他们现在是白天同事，晚上同床……"

"陈珂这狗东西也他妈不是人，女人生病，他还和没事人一样，最起码梅是孩子的母亲，一日夫妻百日恩啊，连这做人的底

86

线都没有，缺德！"

"梅就是死心眼，离了算了，自己是正式教师，有什么可怕他的？"吱呀一声，陈珂开门出来，大伙儿一溜烟回了屋。

陈珂接着电话："喂，呀呀，是你啊？""我在南京办缫丝厂，需要人手，你过来，咋样啊……"

小华早已仰慕大都市的生活，一听到陈珂和他同学的电话，好像中了五百万大奖似的高兴，说："亲爱的，你本来就该在南京，你是凤凰折翅跌入泥潭的，这回是阳光照耀了，你的翅膀愈合了，该飞回去了。"给陈珂吹枕边风，鼓气。

夜晚，陈珂好想回到生他养他的南京，美丽的石头城，灯红酒绿的夜景，风光旖旎的玄武湖，草色青青的莫愁湖，绿树参天的紫金山，独具匠心的无梁殿……不时光临他的梦境。还有那大都市的生活文化，这苏北的贫瘠的小县城是不能与之相比的！他一想到这些就烦躁不安，想立即回去又不能，因为梅还没有完全离开他的生活。

绢纺厂彻底改制已是板上钉钉了，陈珂吃皇粮的日子也是兔子尾巴——长不了。七月必须完成各项核算和人员的整合。小华和陈珂决定了：一拿到补偿款，两人就比翼南飞。陈珂在策划和梅离婚，无论是梅同意不同意都得离。

眼看两个月的暑假快结束了，梅的病休假也到期了，孩子要上学，梅要回县医院复查开药，就决定回家。她妈说："我不放心，让你二哥送你回去。"她先去看医生，医生为她做了彻底检查，说："你恢复得比想象中好。"梅问医生："我的右手为什么还是抬不起来？"医生心里很明白，是不会再抬起来了，但还是安慰梅："不能急，病来如山倒，病去如抽丝。"

到了家里，屋里一片狼藉。她哥哥帮她整理，梅到自己的屋里，枕头上几根长发清晰可见，被单上有女人的香水味。这一切都说明陈珂还在我行我素，涛声依旧。

中饭后，梅在沙发上躺着，二哥在帮梅修理煤气灶。这时陈珂回来了，看到了二舅哥和梅就说："二哥，你正好也来了，我有事和你们说。"他从屋里抽屉里拿出两张纸递给了梅。梅看了一眼，天气虽是炎热，但整个人就像掉进了冰窟窿里，心寒体冷，泪水泉水般喷涌而出。她二哥夺过来看了一下，火冒三丈，脑门青筋暴起，上去一脚，把陈珂踹了个四仰八叉，嘴里骂道："你这狗日的，你欺负我妹妹，我饶不了你！你不是个东西，你离婚，存款、彩电、冰箱都归你？你他妈良心被狗吃了？"再要打时，梅哭着拉着她哥说："哥哥你打他还有用吗？"

缓了口气，梅说："哥，我没有精力承受这感情与身体的双重磨难了，只要儿子。"陈珂说："是你要孩子的，那就给你吧。"梅又对陈珂说："既然我们的婚姻走到了尽头，行！"就拿起笔准备签字，可右手怎么也不听使唤。作为老师，右手不能拿笔，她怎么去备课？怎么在黑板上写字？此时的梅心如刀绞，泪水模糊了她的眼睛，她看着自己的手说："我的手，我的手……"陈珂看着梅痛苦的样子，心里也揪一下……梅擦干了泪水，用左手歪歪斜斜地签上自己的名字。

几个月后他们就到民政局办好了手续，一段婚姻随着那大印落下而彻底结束了。

二十七

陈珂拿到离婚证，如释重负，心里乐得就像拾到狗头金，很快就和小华一起乘车南下了。陈珂把家里值钱的东西能拿走的拿走，能变卖的变卖，只剩下梅陪嫁的一对箱子、一张写字台、一个衣柜。梅闭上眼睛，流下伤心的泪水。哭过，似乎感觉轻松了许多。

梅紧紧把儿子抱在怀里说："小宝，我和你爸爸不能在一起过了，以后你就和妈妈过了。妈妈身体不好，你要听妈妈的话，以后上学自己去，走路要小心。"小宝很懂事地点点头。

晚饭后，小宝洗洗睡了，梅躺在儿子的身边，摸着儿子的头，心里踏实了许多，因为儿子是她唯一的精神支柱。

有人说，初恋是最难忘的，它就像你只尝了一口的琼浆玉液，会永远留在心灵的深处。

梅一个人来到另一个空房间，看着自己当初和陈珂结婚的陪嫁，嘴里如数家珍说："当初，我是为了爱，怀着美好的憧憬走进了婚姻，想安安稳稳地过日子。陈珂啊，我视你为自己的心脏去珍爱！"她觉得口渴，来到小厨房，案板上躺着一个洋葱，她伸手拿起，看到洋葱皮有点腐烂，她扒开，可是洋葱的刺激味让她眼泪哗哗流。她丢下洋葱愤恨地说："人说男人是洋葱，一点儿也不假！陈珂你就是个洋葱，剥开哪片，都辣得我眼泪哗哗，剥到最后，我才知道洋葱根本就没有心！"

梅用颤抖的五指撩起水洗去眼泪，踱着步子在想，离异已经对孩子幼小的心灵造成了伤害，就不能再给孩子心里种下怨恨的种子。以后，自己在小宝面前还不能说陈珂这个负心人的坏话……为了儿子的健康成长，我只能泪往心里流了。

"陈珂你这个杀千刀的，我恨你……"她骂过了，心里舒坦许多。

离婚都两年了，陈珂就像空气一样蒸发了，一点儿消息也没有，连小宝都没有来看过。梅白天在单位上班，心里稍稍好受一点儿，不过当女同事们谈起丈夫时，她总是悄然离开，到没有人的地方，看到姓氏是陈时，她免不了脑子里就蹦出陈珂的名字，芦苇荡里的初次偷欢总会在梦中闪现……生活中梅吃了常人没吃的苦，孩子头疼脑热的，她又当妈又当爹，家务事、学校工作，常让刚进入中年的她腰疼腿酸。

一天，厂里的后勤领导找到梅说："因为改制，绢纺厂的宿舍都卖给了职工，一间两千块钱，如果你不买，那房子就不能继续住了，要买就得抓紧交钱，不然就要卖给别人了，那你就得搬走了。"梅住的是两间，需要四千元，虽说不多，可她哪有？所有的积蓄全部被陈珂拿走了，买，钱从哪里来？不买，她和孩子住哪里？考虑到孩子要上学，没有办法，她到娘家，说："哥哥，你借我四千元钱，买下原来的两间平房，不买，厂里要卖给别人，我和小宝就没有地方住了。"她哥知道陈珂把家里的积蓄全部拿走，不觉生气地骂："陈珂，你他妈狗都不如的东西，你不考虑我妹妹，自己的亲骨肉也不考虑，陈珂你就该死！"骂够了，把家里的积蓄拿给梅说："这点钱，拿回去赶紧交了吧。"举步维艰的梅，心里得到了安慰。

秋雨乍凉，夜里，梅被孩子的叫声惊醒。她到孩子屋里，摸摸孩子的头，滚烫的，原来小宝发烧，说梦话。梅用温度计一量，38.5℃。孩子一惊一乍的，梅哭着说："宝宝，你怎么啦？"她想抱起孩子去医院，右手却不得劲。她用湿毛巾为小宝擦脸，把小宝弄醒了，让小宝坐在床边上，趴在她的背上，把孩子背到附近的医院时，腰累得直不起来了。小宝是病毒性感冒，需要打点滴。梅把儿子搂在怀里。对面椅子上有个孩子也在挂水，一双男女一边一个，两人都搂着孩子，相亲相爱，和和美美。她心里酸溜溜的，扭过头，不敢看，看了生怕那段不堪往事填压心头。

生活的现实不得不让梅痛定思痛，她在问自己："女人离开男人就不能过日子了吗？天要下雨，丈夫私奔，随他去吧。人家已经把你的爱抛到九霄云外，爱已去了，何必自找不痛快？为了儿子，我不能低头走路了，也不能在离婚的雾霾中生活了。我不是坚强的女人，但为了儿子我必须坚强。"她照着镜子，看着镜子里的自己一阵苦笑。

　　"要想人前显贵，人后必须受罪。"她说了也做了，她要用微笑冲淡忧伤，用勤奋、刻苦冲淡人生的缺憾。

　　于是，清瘦的脸上重新露出了微笑，她努力地练习用左手写字，一次次失败，又一次次重新开始，每天都坚持练习四个小时，从不放弃。功夫不负有心人，终于，她左手能写出字时，她像孩子一样："我左手能写字啦！"办公室的同事们看到梅的高兴劲儿，心里都欣慰，大家都说："梅，你写的字更漂亮了！"

　　每节课后，她的板书学生都不忍心擦去，甚至有爱好书法的学生当字帖临摹。她对自己也充满信心，多次参加县里举办的书法比赛，并屡屡获奖。

　　于是出现了开头的一幕：一幅李清照的《一剪梅·红藕香残玉簟秋》的小楷引起人们的注意，人们赞不绝口的同时，也对小楷的作者充满了好奇。

　　亲戚朋友知道梅离了婚，看着大病初愈的梅上班带孩子很辛苦，就不断有好心人给她介绍对象，梅都婉言谢绝了。父母也经常在她面前唠叨着："梅啊，你身体不利索，带着孩子，你就别死心眼了，你找一个，我和你大哪天闭眼了，也就能放心地走了。"梅安慰父母说："妈、大，你们就不要为我操心了，我知道，有适合的，我会考虑的。"同事也劝说："梅，你该开始自己的新生活了，陈珂他不值得你留恋……"梅说："谢谢，说实在的，我心中的创伤还没有愈合，不想很快再次踏入婚姻的围城里，经历第一次婚姻的失败，第二次婚姻我更要慎重选择。虽然生活有点拮据，但，不吵不闹的，教师省补那部分工资也落实了，足够我和小宝生活开支的，我很满足现在的日子……"

在单位，她工作认真是出了名的，她精心设计每一个教学方案，认真上好每一节课，她的课堂生动活泼，语言幽默，学生都喜欢上她的课。她也虚心，在教学中不断学习新的教育理念，并在自己的教学实践中创新，充分体现教师的主导和学生的主体作用的"双边教学活动"是梅课堂教学的一大亮点，这得到了行家的认可，在县有效教学课堂大赛中多次获奖。她身残志不残的韧劲，深受领导、同事的好评和学生的爱戴。

二十八

岁月在花开花落之间流转，一晃，小宝初中毕业了。孩子在梅的母爱下成长，很是懂事，学习不需要梅操心，回家还能帮梅做些力所能及的家务，做饭、拖地、洗碗，自己的鞋袜自己洗，小小男子汉成为梅的贴心小棉袄。

小宝以优异的成绩被泗县中学录取，又经过三年的苦学，考取苏州大学。

在接到大学入学通知书的那天，家里宾朋满座。梅这么多年来第一次大展笑容，笑得那样开心，笑出了眼里的泪花。同事、亲戚都说："梅熬出头了。"金秋时节，梅送走了小宝。

中秋节的晚上，梅独自躺在床上。

月亮像银盆一样挂在天空，月光洒在窗前。梅失眠了，一幕幕不堪回首的往事在脑海里转悠着，她起身下床，擦去闲置多年的镜子上的尘埃。镜中的她，眼角、额头上写满沧桑的皱纹，两鬓花白。她自言自语地说："是我吗？唉！人怎么这样不经老啊？"她又回到床上躺下，继续独自遐想：儿子远在苏州读书，将来有一天结婚生子，儿子要有自己的世界，有一天会离她更远……

这时候响起手机短信的声音。她拿了手机一看，原来是儿子在千里之外发来的短信："祝妈妈中秋节快乐！我在学校里都很好，我会努力学习的，请妈妈放心！"梅看了，嘴角露出了幸福的笑容。

秋去冬来，大地瘦得只剩下筋骨，寒风席卷着树叶哗哗地飘零，南渡的雁雀急挥着翅膀南飞，偶有落单的鸟儿一边悲鸣一边奋力地前行，反复在诉说着同伴的无情与现实的无奈。

一天夜晚，梅觉得很冷，早早地就上床了，迷迷糊糊中觉得喉咙像被人用手掐着，喘不出气，啊又啊不出，一惊醒来，原来自己感冒发烧，浑身酸痛，咽喉就像失了火。她慢慢地起床找了点常备药吃下，半轮残月异常光亮，清纯的月光拨弄着梅那痴痴的心怀。

此时，她多希望有人为她递来一杯热水，环顾四周的墙壁像铁一样冷，她索性拿了手机看看，似乎是在找什么信息，可是，又沮丧地放下，心事悠悠地披了披被子，蜷缩着靠在床头，轻轻地、喃喃地哼着："红藕香残玉簟秋……云中谁寄锦书来……才下眉头，却上心头……"

冰雪融化，春天来临。她的同学林玲调过来了，梅有了倾诉心事的对象。林玲说："不要和自己过不去，你们离了这么多年，陈珂回来看你了吗？他连他的亲生儿子都不想、不顾、不爱，他就不是人！你呀，从现在开始走出他的影子，重新生活。三条腿的蚂蚱难找，两条腿的人还能找不到?"周末，林玲打电话说:"走，去市民广场，一起学跳集体舞。"梅喜欢书法，她们也经常看书法展。在一次展会上，梅认识了一位笔友——老刘。

老刘是县文化馆的馆长，喜欢书法，是林玲的表哥，他妻子因病去世，为了一双儿女，他过了好多年的单身生活，后来通过同事再三撮合，认识了县医院的一位护士。

老刘家底很好，有一栋三层楼房，老刘又是公务员，没有经济负担。更有诱惑力的是老刘家的楼房是沿街的，楼下是三间门脸房，每月房租就可观，要是遇到拆迁，能补偿一二百万元。

第一次见面时，护士朴素大方，赢得了老刘的好感，几次约会，老刘说:"你喜欢什么? 买这个，买那个?"她都推辞说:"哎! 我们都这个年纪了，我跟你是过日子的，不是年轻人，还要这些俗套干吗?"老刘心里暖洋洋的，他感觉上帝把已去的妻子，从阎王那里要了回来，觉得她言行习惯像自己过世的妻子，会过日子，通情达理。

婚后，她的确不错，人勤快，把家里料理得井井有条，也善待两个孩子。老刘家的邻居和房客都在老刘面前说:"刘馆长你真有福气，你这位夫人不错!"老刘心里乐滋滋的，有了家的感觉。

老刘和孩子也尊重这女人，孩子先叫阿姨，后来看她待他们不薄都改了口叫妈。老刘更是尊重她，自己的工资本都给她保管。

二十九

那年，城镇建设如火如荼，老刘家的老街道又窄又洼，被列

94

为首批需改造的街道，老刘家的房子要拆迁，拆迁费二百多万元。女人就旁敲侧击地打听老刘对这笔拆迁款的支配。

一天早晨晴天丽日的，不想早饭后就下起了瓢泼大雨，铺天盖地下到了晚上，女人在收拾碗筷，老刘帮着。

"这要是拆了这一大家人怎弄啊？"

"用这拆迁款买三套，孩子一人一套，我们老两口一套。"

"买三套再装修够吗？"

"应该够的。我算过，除去这些钱，余下的钱看看能不能投资一间门面房。"

"哦。"女人继续收拾家务。

第二天，女人在班上，把老刘的想法和做法和同事聊，同事都说："哎呀！真是拆迁富（户）！"

街道办天天上门催搬家，老刘忙租房子，找到了合适的房子就办好了租住手续，一家人就搬了进去。等拆迁款到手，老刘首先买房子，还看好了人民路上的三十多平方米的门面房，老刘把住房的钱都交了，就差门面房还没有交款，把剩下的款分三部分存了，一是住房的装修钱，二是孩子的上学钱，三是门面房子钱。这三张卡都要指纹提取，还有一张五万元的活期存单没有密码，其余密码都一样的，老刘把密码写在书房条幅背后。女人只要一人在家就到老刘的书房里乱翻。一天老刘没在家，女人正好休息，孩子们都上学，她到老刘的书房里，书桌是上了锁，书橱里找找没看见什么。心里想，这后组合的就是不行呀！还是和自己隔着心，要是原配的，这钱还能不给她吗？如今自己就知道大概，可是具体多少不知道，连一个铜子儿都没看到！想到这儿，不觉心里凉飕飕的。

忽然有开门的声音，她麻溜地出来书房。一看老刘正在换拖鞋，她连忙用手轻拍胸口，深呼吸一口。

月亮挂在柳梢头，老刘应酬多贪了几杯酒，鼾声震天地。女人推推老刘，老刘嘴里咕噜一阵子，还是呼呼大睡，她拿下老刘的钥匙蹑手蹑脚地进来书房，偷看了老刘的抽屉，在底层的一本书里，看到了三张卡和存单，她拿拿这个又拿拿那个，最后就把五万元的存单拿了出来，重新锁好。第二天，她把这钱取走了。

过了几天，老刘接到房产商打来的电话，要求交认购款，老刘早上起床后，到书房里打开书桌抽屉，五万元的存单不翼而飞。老刘定神想：孩子们是不可能拿的，孩子也没有这必要。难道是女人？饭桌上老刘试探说："我那五万元活期存单不知放哪里了，商铺子要交认购款，我记得放在书桌抽屉里，咋没找到呢？"女人说："都是你自己收的，也没交给我，我没看见。"女人说没看见，手一软饭碗"哐当"一声掉地上。老刘瞟了女人一眼，女人红着脸，神情慌张地连忙蹲下拾起饭碗，两人寂静得就像等着导弹成功上天的一刹那。老刘疑惑地看着女人，不敢妄加想象和断定，胡乱地吃了早饭就出门了。

老刘到银行说明来意，他把存单号一报，出纳员调出一看，已被人提取，提取人签名不是女人的名字，而是老刘的名字。老刘背着两手，在银行大厅晃来晃去的，他突然停了下来，请求银行帮助查看那天提款的录像，银行领导说："这不妥当，因为关系到客户的个人隐私，查看录像必须报案，有执法部门指派警察陪同，方可查看银行监控录像。"老刘一听，眉头紧锁，说了声"谢谢"走出银行。

从来不抽烟的老刘点了一支烟，一只手卡着腰，站在银行门口大口大口地抽烟，女人惊慌失措的神情和烟雾一起缭绕在眼前，他把烟摔地上，用脚尖踩灭，骑上车子去单位了。

晚饭后，老刘坐在沙发上看电视，女人收拾完了，自己洗洗进来卧室。老刘向卧室里望望，心想：通常女人收拾好碗筷，会坐在他身旁，和自己一起看的。便到了卧室问："怎么啦，电视剧要到了。"女人说："头疼，不看了。"老刘心想：不知是头疼还是心里有病？老刘看了一会儿没心思看，就进来卧室，打开床头灯，干咳了两声，用手摸摸女人头说："不热呀。""我又不是感冒，我是老病，头晕。"女人回了一句。

"你是不是有什么事情呀？"老刘问。

"我能有什么事？"女人不轻不重地应一声。

"你看我们是夫妻，你对这家也上心，我心里很感激你！人家都夸你贤惠！"

"有什么贤惠不贤惠的，没有过处就好了。"女人说着动了动身子。

"你看你说的，哪有过处呀？不过我想问问你，又怕你生气。"

"要怕我生气，就不问。"女人回了一句。

"我不问心里也不是滋味，我们既然是夫妻，有什么事情就得开诚布公地说。"

"那你就说。"

"家里老人是不是要用钱，或者你弟弟他们急用钱？"女人好像被电击一样，骨碌起来狠着脸说："你绕来绕去，不就是说你那五万元存单是我拿了，对不对？"说着开始鬼哭神号，"我到你家几年，伺候你家老少，没抱过屈，只想你识文断字的，能善待我。我这好了，没有功就罢了，还成了你家贼了，是吧？"

"我不是这意思。我只是认为你家要有难处，需要钱，你不好说。"

"我不好说就偷了是不是？这些都是你收的，从拆迁到现在，你给我看过你的钱了吗？你告诉过我了吗？你拿我当你老婆待了吗？"女人大声嚷着。

　　"我怎么没拿你当老婆啦？我的工资本子不都是放在你手里了吗？这拆迁款，我怎么支出，我不是和你说了吗？这五万元活期存单丢了，我也着急，我只是问问你，你要是没有急用，那就是我们家遭贼了，那我就报案。你没拿就没拿，急什么？"老刘不耐烦地说。

　　"怎么是我急了？你还是对我不放心！"

　　"我……我还不能问问吗？"

　　"问！看什么事情！要是你头一老婆不死，你会这样问她吗？"老刘气得嘴唇发抖说："你太过分了！要是她不死也没有今天的事！"老刘老泪纵横地出了卧室，到书房拿着前妻的遗像久久地凝视着，沉思着。

　　这几天老刘到文化馆上班，沉默寡言，要么就是站在窗口抽闷烟。一天上午，她的表妹林玲来找他有事，敲了几下门，他都没听见，林玲只好自己进来，一看表哥正在吞云吐雾地抽烟，林玲到他眼前都没发现，林玲说："大哥！你……怎么了？"他回过神："哟！林玲！你怎么有空过来？"林玲笑笑说："我没事就不能来看看馆长啊？"他倒了杯水递给林玲说："坐吧。有甚事情说给哥听听？"林玲一看老刘没精打采的样子，就问："哥，我进来时，看你在发呆抽烟，你脸色特差，一定有事！"老刘一手托着腮叹了口气，又点支烟抽着，脑门皱着眉头说："我难为死了！"林玲问："你到底怎么啦？你说说看。"老刘就把事情经过和女人的言行都描述给林玲。

　　"这不明显是她吗？她老早就动这脑筋，不过没有机会。你很少喝多酒的，偏偏就是那晚喝多了，就下手呗。"林玲一听跳起来说。

"我先估计她家里有急事要用钱的，没想到问了一下她就火了！"老刘说。

林玲手在空中点着，满脸无奈地说："大哥，你太儒雅了吧！她就是用这种反击的办法来压你，同时掩盖自己的无耻！大哥你这就叫家贼难防狗不咬！"

"那我怎么办？我问她就是给她台阶下的，可她死不承认，我去银行调过，存单被人提走，要调监控录像看，必须报案，有执法人方可看，监控录像最多保存三月。"

"你们感情如何？想不想在一起过？不想在一起过就报案，调出来看看。她要是没有，那就向人家好好赔礼，是她，我看还是离了算了。"

老刘支支吾吾说："我……我怕人家笑话！死女人的人，再离婚！唉！而且她对俩孩子不薄啊！"

林玲激动地说："哥哥，她是驴屎蛋上下霜，面白里黑。你这是什么话？谁家能完美无缺啊？她要是这种德行，你怎能和她同床共枕？"老刘再次陷入沉思中。

自从那晚吵了之后，女人不是晚回来，就是回娘家，老刘只有自己做饭给孩子吃。周末，女人一大早就起来，收拾打扮，老刘问："你今天要出门啊？"女人抬着头说："干吗？怕我把偷的钱转移啊？"老刘说："好心好意和你说话，你干吗这样呢？"老刘没再吱声，女人包一拎出了门。

老刘在家里洗衣拖地，忙乎着，稍事歇歇，看看时间也是做晚饭了，围裙一系，到厨房做饭。晚饭做好了，女人还没回来，等了一会儿还是不见人影，老刘只好先吃了。吃过饭老刘看了一会儿电视，觉得无聊，打了个哈欠回到房间。他拉开衣橱门找衣服，一看女人的衣服一件也没有，再看看鞋柜里、台子上她的日用品一件也没有，打开床头柜抽屉，自己的工资本子在，可是只有几元钱，原先老刘交给女人时上面还有两万多元的结余，加之几年来的工资，应该还有不少。生活开支都是家里的门面房租金，不足时老刘才叫女人提一点儿补充，所以工资本少说也应有好几万元钱的结余。老刘一看，傻乎乎地把本子拿在手里抖着，气得使劲把工资本甩在地板上，直直地躺在床上，用手捶着自己的脑袋。

眼看一个月快过去了，女人一直没有回来过，老刘打电话给表妹林玲，把这事告诉她，想听听林玲的意见。电话那头传来了林玲的声音：

"大哥，这女人就是看好你钱的，她刚和你结婚，表现得温和大度、对孩子好，那是晚娘带闺女——走走好看！做样子的！像这种女人，你要她干吗？"

"我怕人家看笑话。"

"哥，还亏得你是文化人，你太迂腐了吧？婚姻难不成就给别人看，为了所谓的面子就委屈自己？"

"林玲，哥知道你说得对，可是……"

"可是你没有她偷了家里五万块钱的证据？你报案还来得及，还没有到三个月。如果你需要，我叫大陈帮你去查查看，你心里也踏实。"

"那……那只有这样，事实面前人人心里都踏实。"

"好的！哥，你能记得存单号吗？"

"能，我写在本子上的。"

"那好。你就去报案吧！"

老刘挂了电话，向派出所走去。林玲打了电话给她的丈夫——城东派出所干警大陈。大陈考虑到法律的规范要求，自己没有参与，安排其他干警，经过几次法律程序，得到银行的同意，调出存单被取走钱时的监控录像。监控室异常寂静，一会儿，就听老刘惊叫："就是她！"只见一女人东张西望地走进营业大厅，排在一秃顶男人后面，不时往后面门外张望，一会儿轮到了她，她又向外面望望，递过支票，取走了钱连忙装进手提包，出了营业大厅。干警复制了画面。

晚上，大陈把这事情告诉了林玲，林玲气愤地骂："这不要脸的女人！真是知人知面不知心啊！"

老刘一连失眠了几夜。他每晚都到书房看着前妻的遗像："爱妻！你在哪里！你为什么不坚守我们的誓言跟我白头到老？你怎么能丢下孩子和我不管？你要是不走，我怎么能有这档子耻辱和难过！"

老刘找到女人，把他查看录像看到的都说了，还有工资多少，明确表示要通过法律维护自己的合法权益。

女人一听，扑通跪在老刘面前一把鼻子一把泪地哀求："老刘，都是我不好，我钱迷心窍！你说我是真也罢假也罢，反正我伺候过你们爷儿三个，这是事实吧？不走法律程序，你不要我也行，我同意协商离婚，如何？"

老刘瞟一眼女人："你……起……来说，怎么个协议法？"女人用袖子擦了眼泪起来说："那五万给我，再给我二十万？"老刘说："不行，你要是这样我们法庭见！"女人知道自己有过错在先，又鬼哭狼嚎地说："怎么啦，我过分吗？我要不是没通过你拿了，我还不怕你了，我既然和你是夫妻，财产就应该与你平分！噢！就凭我给你睡这几年，怎么啦，我不值二十万啊！"女人说完就号啕大哭，好像死了亲娘一样，惹来了好多看热闹的人。

女人看来了人，就鬼响着向大路心跑："我不过啦！没良心的！你就欺负我没你识字多！"路人把她拉住，老刘看到女人的样子，直摇头。看热闹人都说："这男人温和儒雅的，这女人请死破命的，真是秀才遇到兵，有理讲不清！"

老刘经过几天深思熟虑，与女人协商离了婚。从此，他心灰意懒，再也不相信世上有爱情，有好女人。他把自己的情感封闭起来，没有续弦的想法。

如今儿女们都成家立业了，他还孤身一人，儿女们都在为老刘张罗着，可是都不合老刘的意。

林玲知道表哥是儒雅和善、宅心仁厚的人，觉得表哥和梅很合适，就和表弟妹们一合计："大哥自从那个女人偷了家里的钱，就一朝被蛇咬十年怕井绳。我有个同学叫梅，一人单着多年，人品好，心地善良。我看和大哥般配，你们看如何？""既然是你的同学，你了解，你就出面给大哥牵线呗，好事情……"

表弟妹们同意，她就给他们牵线搭桥了。

老刘也喜欢梅的温柔娴静，了解到梅这么多年孤身一人带着孩子，和自己一样经历过人生的痛，更加珍惜和梅的相遇。

梅把这事情打电话告诉儿子，想听听小宝的意见。小宝说："妈妈要为自己后半生打算，我大了，不可能整天陪在妈妈的身边，自己将来还要结婚的，那妈妈一人多孤独呀。"又听说老刘人品不错，小宝对梅说："妈妈，都什么年代了，我支持你。祝妈妈后半生幸福！"梅得到儿子的首肯，也就心安理得地和老刘交往。

他们不再是情缠意绵，也不是月上柳梢头、人约黄昏后，而是相互的尊重、理解和关心。

绢纺厂的宿舍区要拆迁，重建厂生活小区，拆迁之后，按照原来的房子面积，多退少补，梅的两间房子才四十多平方米，不足六十平方米，自己要出到十几平方米的钱。这一万多元虽不是大数目，但对梅来说就是难题了，梅一着急就自言自语："小宝大学还没毕业，要用钱，还要租房子住，要钱，省吃俭用的那点积蓄，还不足五千元，父母年迈，哥哥们的孩子也要买房，哪家能有闲钱借给我呢?"真是一分钱憋死英雄汉。梅整天愁眉苦脸的。

课外活动，林玲问："梅，你怎么又愁眉苦脸啦?""唉!""唉什么唉啊，你就是这毛病，有事总是埋心里，自己瞎盘算，快快当当地说出来多好啊!"

梅这才把这件事情告诉林玲。林玲又告诉了老刘。

老刘找到了梅，说："你还和我客气什么呢?你的困难我有义务帮的。"他说着，把钱递给梅，说："拿着，不够再说……"这样，蔡梅的房子才有了着落。

搬家，装修新房子，都是老刘忙里忙外的。搬进新房子的那个晚上，梅自己下厨，做了几样拿手小菜，让老刘喝上几盅。酒过三巡，老刘醉眼蒙眬地对梅说："我们什么时候能成为合法的呢?"

梅没有说话，只是羞涩地笑笑。老刘看着双颊绯红的梅，犹如一个清爽靓丽的女神站在自己面前，忍不住靠近了梅。

他们微笑着，额头抵着额头，鼻尖顶着鼻尖，老刘疼爱地把梅搂进自己宽大又温暖的怀里……灯光照着他俩合二为一的身影，映射在白色的墙壁上。此情此景，要是有观众，一定会被他们的幸福所感动。

经过一段时间的相处，两颗心愈来愈近了。老刘的儿女们都希望梅和老刘成为眷属，都在为他们再婚积极地筹备着……

三十

一天，梅吃过饭正在午休，手机响了，她一看是陌生号码就挂了。刚挂了，又打过来。梅只好接听。声音是那样熟悉，原来是陈珂！消失了多年的人怎么又突然出现？梅先是吃惊，后来愤怒地说："你打错了！"梅使劲地摁下红键，挂了电话。陈珂一连打了好几次，梅都没有接。

原来，陈珂和梅离婚后，回到了他梦寐以求的南京，然后和小华结婚了。起初和同学一起办厂，挣了不少，过上了想要的城市生活。可是，随着科技文化的发展，市场经济突飞猛进，人们的价值观、思想观都在迅速更新。"70 后"人才济济，"80 后"的人才像雨后春笋，而陈珂已经到了掉价的年纪了。

小华本身就是贪图享受的女人，到了大城市她更是如鱼得水，整天以拉客户为由，闪亮妖媚地热衷于舞场、酒场，就是不进菜场、工厂。

由于管理不善，产品质量下滑，陈珂的厂子正走下坡路，严重亏本，很快到了倒闭的边缘。要想搞活厂子，就必须投入大量的资金来填补亏损。小华看陈珂已没有利用价值，暗地和一个温州老板好上了。

这个老板是搞黄金珠宝店的，南京和温州都有自己的店，是有名的黄金经营商。一次舞会中，与小华双舞摇滚。小华窈窕的舞姿让老板羡慕得五体投地。他一米六几的个子，每次跳舞小华高耸的胸都在向他示威着，他时不时地用肥厚的猪唇擦那诱人的山峰……他把圆滚的身体紧贴小华说："哎呀！华妹妹！我那里一款钻石项链，要是戴在你这白皙的胸口，那就美美极啦！"小华咧开朱唇说："真的吗！大哥！那我什么时候去哥那里饱饱眼福啊？"老板把嘴凑到小华耳畔说："哎！哥送你！"小华一听，啪就是一口。

十日后，小华手机嘟嘟地响，她一看是老板的短信，立马出来看："亲爱的华妹！今晚来到哥哥店里，看钻石项链！"那小华高兴得一跳一蹦像个少女。华灯初上，小华在镜子前很好地收拾自己，柳叶眉配上一双明亮的大眼睛，身着酒红色连衣裙，外搭一件烟灰薄衫，挎着红色的包包，神采飞扬地来到了老板的凤凰珠宝店。

老板一看到小华，用手扣了扣溜冰场似的脑袋，兴奋得笑眯眯的，挺着将军肚迎出门外，一手揽过小华的腰："欢迎欢迎！"连忙吆喝手下员工倒茶。小华落座后，抿了一口茶水。老板拿出了金灿灿、亮晶晶的钻石项链，他亲自动手帮小华戴上，顺手用无名指和小拇指划拉着小华的乳房，那两只眼贼溜溜地望着小华那白皙深深的乳沟，咕噜咕噜地咽口水。戴好了，拿着镜子让小华自己看。"华妹！喜欢吗？"

"我太喜欢了！这项链太漂亮了！"

"不！是你人太美啦！"员工们都七嘴八舌夸，"美极了！真漂亮！"

老板笑得腮帮子直打抖："哈……哈……这就叫好马配好鞍！"小华也高兴地笑着，她那爽朗的笑声让老板浑身每个细胞都活跃起来。要不是碍于员工在，肯定是"雄赳赳地直冲神仙洞"！

坐了一会儿，老板说："华妹妹，今晚哥哥请你好吗？"小华起身欠了一下身子说："那敢情好！恭敬不如从命了！"老板又是一阵呵呵地泼水笑说："华妹妹爽！"老板亲自为小华开了车门，一会儿就到了南京的金陵饭店的豪华厅，吃的玩的，休息室样样齐全，山珍海味摆满一桌，轻音乐悠扬绕梁。老板搂着小华随着音乐在曼舞着，小华微笑地眯着丹凤眼，红潮爬上了两腮，老板说："你太美了！"两人随着音乐旋转到了休息间……

从那以后，老板隔三岔五地打电话给小华，出去游玩、进货都带上小华。一天夜里，小华手机响起，一看是老板的，陈珂说："谁呀？怎么老是这时候打你电话？"小华理都不理，笑盈盈地接起来："喂！"

"华妹妹！想死哥了！"

"嗯……嗯！哥……我也是！"小华妖里妖气地说。

"我在你楼下！"小华拉开窗帘往下一看，那熟悉的奥迪车停在下面闪着灯。她回说："好……那稍等！"小华连忙脱掉睡衣，换上衣服。陈珂问："你半夜三更的干吗去啊？"小华说："我去干吗？你要是有能耐管好你厂子，我也不想半夜三更地起床熬夜受累了！"说着拽了包，"哐当"关上门。

到了金陵宾馆，老板倒了一杯洋酒递给小华，小华接过杯子坐在沙发上。老板坐在小华身边，一手端着酒杯，一手搂着小华问："你老公他在家吗？"小华说："在。""怎么？好像不高兴？"小华把酒杯放在茶几上说："我看到他就够了！"

"为什么？"

"好好的一厂子，被他弄得走下坡路，严重亏空，天天银行催还贷款，再还不上，只有宣布倒闭了！"

"怎么会这样？"

"他主要是管理的模式落后，技术落后，产品不好没有

106

销路。"

"哎呀呀！这可是问题呀，那就没有办法了？"

"是啊！以前的合作商家，人家看到我们没经济实力，都不合作了。"

"这年头，谁愿意做不赚钱的买卖啊？"

"就是啊！"

"那你怎么打算啊？"

"我？骑驴看账本，走着瞧！"老板一听小华的话，诡秘地在心里盘算着。

陈珂整天为钱的事愁得焦头烂额，万般无奈下，他拨通了同学的电话，原来这同学跟他是合伙的，后来撤出股份自己另起炉灶，而且生意兴隆。

"喂，哪位？"

"我呀！陈珂。"

"哟！老同学！怎么有时间打电话给我？"陈珂把他厂子的事告诉了同学。

"哦？那你什么意思？"

"老同学……我……"

"有话说嘛！大老爷们，怎么婆婆妈妈的！"

"你看能不能和我合作？要不就转点资金给我，解决燃眉之急？"

"哎！老同学！不是我不帮你，我也不景气，我心有余力不足啊！"一听钱的事对方便想跑，"老同学，不好意思啊，秘书找我有事了，再谈吧！"啪，对方挂了电话。

陈珂对着手机骂："我×你妈，你在老子这里赚的钱还少吗？呸！这他妈的就是有钱才是同学了！"

小华把厂子的一些资料全给老板看过，老板抓住小华的心理，大把大把的钞票为小华买名牌衣服、手表、首饰，小华天天珠光宝气地随着老板屁股后转。

南京的冬天不太冷，可是不知那年的冬天为什么下起了多年不遇的大雪，大雪封冻了一切。银行下了最后的还款期限，陈珂急得像热锅上的蚂蚁团团转。他摸出手机打通小华的电话。躺在老板怀里的小华嘴里咕噜着打开手机："喂！什么事情啊？"

"银行催款函又来了！这怎么办啊？"

"你一大老爷们，怎么一提钱就找我？你不会自己想办法吗？"

"我……这钱不都是你管理的吗？你是我女人，我不问你问谁啊？"

"我是你女人不错，我不是你管家婆！"啪嗒！小华挂了电话。

"你……喂……"陈珂一听电话那头的忙音，苦着脸把手举得老高，又没舍得摔下手机，望着手机咬着牙骂："我×你妈！真他妈有钱是老子，没钱是孙子了！"

陈珂目前已经是阴沟里的泥鳅，翻不起大浪了，厂子已经无法运作了，小华一想就呜呜地哭，老板贼眼咕噜一转，把小华搂在怀里，小华趴在老板肩上哭着说："以后我……我……怎么过呀？"老板拍着小华背说："宝贝！别伤心！有哥呢！哥帮你！"

小华抬起头噘着嘴说："哥！真的？"

"那还有假？"

"那哥哥怎么帮我？"老板把嘴凑到小华耳边，手还不停比画着，小华先是一惊，后来破涕一笑。

眼看还款期限要到了，小华拿着行李包，回到了莫愁路 46

号巷的家里。陈珂站在窗口刺溜刺溜地抽着烟，一缕缕烟雾覆盖死灰一样的脸。小华换了拖鞋，说："吃过晚饭了吗？"陈珂半天应了一声："没有！你出去跑这么多天，有头绪吗？"小华倒了一杯水，坐在沙发上说："这时候谁还会做肉包子打狗的生意啊？"

"那就只有申请破产了？"

"要不死马当活马医一回吧？"小华愣了半天凝视陈珂说。

"怎么医法？"陈珂疑惑地看着小华问。小华站了起来，在客厅里两手抱心地晃来晃去。陈珂不耐烦地说："你晃来晃去的，让人头晕！你有什么想法就说呗！"小华头一仰说："我不在想吗？你看这样好不好？"陈珂疑神听着，"你看我们趁着银行没有起诉你，我看我们先假离婚，房子过户我名下，银行贷款还不上就拖着。厂子要是真的倒闭，银行要起诉，那破厂子就给他，我们倒还有一套房子住啊，这样我们才有后路。能糊弄就糊弄吧，以后再找人帮忙，再还贷款，厂子要是能运作起来，过一段时间盈利了，银行自然就再会和我们合作。"

陈珂一听打了个寒战说："你这是馊主意！你要是落井下石，我他妈就死路一条了！"

"你看你，我是你老婆，还能坑你吗？这不是没办法的办法吗？这样我们厂没了，那还有房子吧？银行看你名下没有财产，就没法子，他们还要稳住你，怕你跑了，怕你死，你知道吗？"

陈珂往嘴里插了支烟，皱着眉头，吸着烟，心想："房子抵押也不够银行贷款，有没有用只有我们试试吧，总比等死强。"成败在此一举吧。陈珂就答应了小华，温州老板暗地自己出钱找来当地的律师，帮小华解决了婚姻问题。自然房子是小华的了。

小华拿了房产证和老板一合计，把价值五十多万元的房子偷卖了，拿到钱就和那个老板消失得无影无踪，陈珂还蒙在鼓里。直到新房主来收房子，他才如梦初醒。他无力回天，厂子倒闭。他痛骂："小华你个破货!"厂里的工人都骂小华被温州老板用钱砸晕了头，就是那个有奶便是娘的人；骂陈珂有眼无珠，病急乱投医。

厂子倒闭之后，陈珂只能蜗居在车库里，过着寄人篱下的日子。他不再是西装革履的陈总，而是一个打工老汉了。这时候，他才想起了自己的原配妻子、儿子。于是，就托人找到了梅的联系电话。

三十一

陈珂看梅不接电话，就从南京来到泗县。他先死皮赖脸地去找梅的父母、哥哥，"妈妈，哥哥，都是我不好，我死有余辜，我后悔啊!"梅妈张开瘪嘴说："哎呀，你兔崽子到底是南京人，我不认识你，听不惯你叫我妈。"

梅哥说："你死走吧，你当初狼心狗肺地欺负我妹妹，我就想揍你，都是梅心软，哼，你今天还送上门了，你看我……"说着就拿起铁锹……陈珂吓得连滚带爬……

遭到了痛斥，他不死心，又找来梅没见过的七大姑八大姨，都来泗县做说客。一个和陈珂妈模样差不多的女人，黄鬈发，藤椅子塞不下她的屁股，如吃过死老鼠的血红口一张一合说："梅啊，你们是结发夫妻，又有孩子，复婚吧! 对孩子好，不是吗?"梅不紧不慢地说："你们说得对呀，当初陈珂外面有人，打我，骂我，和我离婚，孩子那么小，你们都在哪里?"这些说客都被问得张口结舌。

陈珂只好打最后一张王牌了。

他知道小宝在苏州大学读书，就来到苏州，找到小宝，在学校附近租了房子，打了一份工，让小宝和他一起住。

他声泪俱下地说："儿子，爸爸对不起你，都是历史造成我和你妈离婚的。我该死，对不起你，在你童年时，没有尽到父亲的义务。我向你赔罪，儿子啊，我也是无奈啊……"

小宝说："历史有陈世美，那是戏文。你也姓陈，莫非你就是陈世美家后代，所以也抛妻撇子？"

"儿子啊，爸爸也是人，人哪有不犯错误的？你就不给爸爸改正的机会？你就能忍心我们骨肉分离？儿子啊，你不认爸，不帮爸，你也错啦……"

陈珂的话没白说，小宝不再批评抱怨他老子。他以前对不起孩子，这一段时间他每天为小宝做饭、洗衣，让儿子过得有滋有味的。也经常在小宝面前一把鼻涕一把泪的，哭诉自己想小宝的苦，编造自己为了赚更多的票子再找儿子的鬼话，让小宝说服梅和他复婚。

小宝已是有思想的年纪了，虽然批评了他老子抛妻撇子的行为，但那毕竟是血浓于水的骨肉之情，作为儿子，谁不希望自己和父母团团圆圆地生活在一起呢？妈妈能原谅父亲的伤害吗？一连串的疑问，让小宝陷入了两难境地。为了自己和爸爸，小宝还是当了陈珂的俘虏。

星期天，老刘打来电话说："梅，我女儿请你来家里吃饭，顺便商量我们俩的事情。"

"好。"

刚坐到吃中饭，梅的手机响了，一看是儿子的，她立马接通，电话那头说："妈妈你在哪里？我有事情，我已经回到家了。"

梅一听，儿子突然回来，不知道发生什么，着急地对老刘一家人说："对不起，小宝不知怎么突然回来，我回去看看。"说着就火急火燎地出门了。老刘不放心就也跟梅后面来了。

到了家，梅赶紧端详儿子，觉得儿子没什么，就纳闷地问："小宝你怎么回事，不是节假日你回来干吗呢？"这时老刘也进屋来。小宝看到老刘，脸色突然变得阴沉了，三人尴尬地站着。还是小宝开口打破沉默，他说："刘叔叔你回吧，我和妈妈有事情说。"老刘一听有点不对劲，不好说什么，就支支吾吾的："这……这……"还没有等老刘话说出口，小宝把门打开，示意老刘走。老刘刚踏出门外，小宝"哐当"把门关上了。

梅对小宝的行为感到不解，她生气地问："小宝，你是大学生，怎么这样不懂礼貌？你究竟怎么了？"小宝说："妈妈，我不同意你和刘叔叔的事情，我不想做拖油瓶的。"梅对儿子一百八十度的转弯很纳闷，就说："当时你不是很满意你刘叔叔吗？你为什么突然改变主意？"小宝说："我希望自己有一个完整的家，不想和没有血缘关系的人一起生活。"梅说："我没有让你和我们一起生活，你刘叔叔说了，等你结过婚，我们只帮你带孩子，不和你们住一起。"小宝哭着说："你过得好，那我爸爸就一人孤苦伶仃了！"

梅这时候才明白儿子回来的原因。梅说："你爸爸是自作自受，是他先不要这个家的。"小宝说："是的，是爸爸先对不起你，他对我的童年没有尽到做父亲的责任，那是他的错。可那些都已经成为历史了，你是老师，你教育犯错的学生说，有错就改才是好学生，那爸爸犯错你就不能让他改吗？你就这么忍心忘了你和爸爸的当初吗？你就不能给爸爸一个改过的机会吗？"听了小宝的话，梅无法对答，有气无力地坐在凳子上抹着泪水。

梅一夜没合眼，孩子的话一遍遍在耳畔响着。

第二天，梅做好了早饭，叫小宝起来吃饭，小宝怎么也不起，并且说："你要和刘叔叔结婚，我就不去上学了，我不想让你和爸爸为我而为难，我不吃，饿死了也好，你们想怎样就怎样了。"梅没想到小宝会以这种方法来要挟自己。

梅无精打采地上班，一脸愁云，连上课她都走神。她万般无奈，找到林玲说："林玲，我该怎么办，这个小宝……"她把小宝的行为告诉了她。林玲是个口快心直的人，一听就骂："这不要脸的，就不是人！"也为梅的软弱生气。她说："你这人就是心太软，不是吗？孩子不明事理，情有可原，你已经为了孩子耽误了你的好时光，现在他大了，你该有自己的生活了吧？老话说得好，满床儿女不如半床夫妻！"说完脸一沉走了。

小宝在家没吃没喝一天，梅很着急。她找了老刘，和他说了小宝的反对，暂时取消了他们的婚礼。

老刘虽然心里难过，但还是大度地说："没事，我尊重你的决定，无论你的决定是什么，我还是爱你，等着你！"说完失望地走了……

梅望着老刘远去的背影，心如刀割！拖着沉重的步子回到了家里。梅把取消婚礼的事告诉小宝，小宝得到了满意的答复，第三天就上学了。

老刘自那日之后，整天闷闷不乐地盯着老伴照片发呆。儿女们看着心里干着急。

梅脑海里全是老刘沮丧的背影，期望的眼神，无微不至的关心，儿子的话，陈珂的初吻，陈珂的羞辱，一切的一切，如轰炸机在头上盘旋，让她天旋地转。她的心就像打破的五味瓶，翻江

113

倒海，日不思饭，夜不能寐。

　　初秋的天，颇有凉意，梅披着厚衣服在办公室里，她打开抽屉找书，不经意地翻出她与陈珂的结婚照片，照片用玻璃镜框镶着的，她拿起来看着，手一抖，"咣当"掉在地板上。老师们齐刷刷地望着梅，只见她拾起来重新合起，可是中间的一道裂痕是无法愈合的。她只能拾起照片，呆呆地看那照片，那是她过去爱的记忆，而那玻璃片是她婚姻的框框，现在已经一分为二，再是能工巧匠也不能让它复原无痕了！老师们都在心里感叹着。

　　中秋与国庆同步。梅一进屋看到小宝和陈珂，没好声气对陈珂说："你凭什么进这个门？"陈珂嬉皮笑脸地"嘿嘿"摸着自己的秃脑袋。

　　小宝赶紧说："妈妈，是我让爸爸回来的，我们一家人好久没在一起了，明天是中秋又是国庆，我们一家过个团圆节嘛！"蔡梅对儿子的冒失行为很是生气。她说："你都这么大了，你算算，多少个不团圆的节？我过惯了……"她把自己关进房间。

　　陈珂也不客气，把自己当男主人了，洗菜做饭的，麻麻利利。梅一直沉默，在房间里听着他们父子俩对话，小宝说："爸爸，你多向妈妈赔不是，毕竟你们有了我……"陈珂说："儿子，你这道门槛一定得抵住啊！你坚持住，我们一家三口就有团圆的希望……"梅如同掉进了大染缸里，那赤橙黄绿青蓝紫，迷糊了视线，呛人的气味让她窒息……她恨不能狠狠地抽上陈珂几个耳刮子……

　　"妈妈，出来吃饭吧……妈，我求你啦……"梅打开门，坐在晚饭桌旁，小宝开了一瓶红酒，为他爸妈斟满，劝他父母喝一双杯。梅怎么也不端，小宝就把酒杯端着，跪在地上说："妈妈，儿子童年没有家的感觉，儿子大了，有爸有妈的孩子，你

114

们……"梅眼泪汪汪的，挨不过孩子的面，就勉强地接过杯子，把儿子拉起来，哭着夺门而出……

陈珂追了出去。夜幕降临，天空阴沉沉的，陈珂跟在梅后面，一边走着，一边叨叨着："梅，我不该，你就看在儿子的分儿上，和我复婚吧，我……"他说着今天的请求、过去的忏悔、将来的誓言。

梅越听越烦，她掉过头指着陈珂骂："你还有脸提和我复婚，你为了不要脸的女人，打我骂我……我都受着，是看在儿子的分儿上。你一走了之，这么多年，我生病盼你回头，孩子生病盼你在身边，孩子上大学、没有钱买房子着急时，你在哪里？陈珂，你不要来打扰我的生活，请你离开，好不好啊！"

这是梅第二次向陈珂怒吼。

陈珂耷拉着脑袋，回到梅的家里，对小宝说："宝，你去把你妈妈找回来吧。"他拿了包，如幽灵一般，消失在夜色中……

梅到了运河边，她再次大声地喊："陈珂，你这不要脸的东西，你早做什么去了？你为什么不死在外面，你去死吧，呜呜……"

小宝找到了梅，把梅搀扶回家，他看到梅痛苦的样子，也没有再说什么，梅因为那晚激动过度，又在医院打了几天点滴。假期结束了，小宝也返校了。

天气转凉。下午，梅在办公室里批阅学生的作业，门卫打电话说有人找她，她告诉门卫让他进来。

梅一看是陈珂，说："你又来干什么？"陈珂不说话，梅看办公室里人多，就和陈珂出来了。

到了学校西边的操场上，陈珂说："梅，一日夫妻百日恩，你就不记着我们当初的不易吗？"还是一个劲地向梅赔不是，还骂"我他妈是浑蛋"，请求梅看在孩子的分儿上原谅他……

今非昔比，当初陈珂的甜言蜜语对梅是一种幸福，现在的这些话让梅直恶心。梅明确地告诉陈珂说："你不要再说了，我与你早已没关系了，请你自重！"说完，梅扭头走了。

林玲听说陈珂来了，说："这个不要脸的，狼心狗肺的，我，我去会会他……"要出去骂他一通。

梅拉着林玲说："算了，理那个不是人的东西干吗？"同事们都你一句我一句地骂陈珂："不要脸、没良心的东西，这回也让他尝尝被人抛弃的滋味！不屈！自作自受！梅不要理他……"

放学时，一直乌云密布的天空，一场不合时令的雷阵雨铺天盖地。

来接梅的老刘撑着雨伞在校门口等候。梅瞥了一眼雨幕中狼狈不堪的陈珂，六道目光，像游丝交织，像闪电划过，像雨箭射落……

女　人

一

楚云把化验单递给了李晴，李晴看了一下，皱着眉头，咂咂嘴问，"闭经多久？""一年多了。"楚云病恹恹地回答后，又反问李晴，"有问题吗？"李晴说，"你跟我来。"

楚云随着李晴来到了彩超室，李晴仔细地为她做 B 超检查。楚云的心怦怦直跳，心想，我不会有什么不测吧？

查完后，李晴没有说话，楚云更忐忑不安，跟着李晴回到诊断室。

李晴又咂了一下嘴，对她说，"我就不明白，你也不至于多操劳，怎么就未老先衰，出现子宫萎缩了呢？"楚云听这话，手心攥出一把冷汗。李晴又问，"你还有什么症状？"

"我……我会突然浑身冒汗，面部潮红，失眠，心烦意乱……"

"唉，你呀！这是典型的更年期提前的表现。"此刻，楚云如同掉进了冰窟窿，浑身冰冷。

"从血检报告看，主要是体内激素水平过低，导致卵巢早衰，停经，子宫萎缩。"李晴看着楚云说。

看着闺密李晴风华正茂，如一朵盛开的白牡丹，楚云心头一阵阵寒气，对自己这么多年作践自己有点后悔，女人嘛，谁不想年轻漂亮？她用求助的眼神望着李晴，问："能治吗？"

"傻话，能，是病都能治，只是需要一段时间，还有你自己要配合，你懂吗？"楚云点点头。

"嗨，我说你和江宁都在教育部门，工作稳定，也不算太辛苦，还有节假日，三十八岁的人，不该有这个情况啊。你们夫妻生活正常吗？"

一提到这个问题，楚云的泪顿时如断了线的珠子噼里啪啦地落下。

看着楚云悲凉的样子，李晴说："哎，多大了，还哭？马上下班了，今晚我有空，陪你说说话，也许说出来对你的治疗有帮助。"

二

包间里，楚云呷一口红酒，说："唉，我和他已经十年没有过夫妻生活了。"说这话时，楚云的心揪出了血。

李晴"哇"的一口吐出红酒，惊奇又怀疑地说，"你瞎说，三十如狼四十如虎，你正如狼似虎的年龄呢，切，别心情不好就瞎矫情啊！"

楚云放下手里的杯子，嘀咕道："死样，你不在其中不知其味。"又走到窗前，说："你看我像矫情吗？他，他要是死了，我也倒是一了百了！"说完又赶紧"呸呸"，情不自禁地伤心抽泣起来。

楚云高八度后突然伤心的样子，让李晴觉得自己的话言重了，也许她真的是心里憋屈，不然有谁会这样诅咒自己的丈夫呢？咒骂完又后悔，这种微妙的感情变化只有在爱恨交织时才能表现出来。

　　李晴便走过来，拍拍她说："对不起，坐下吧，我们虽然处得那么要好，结婚以后，各人都忙于家庭和工作，没有时间相聚沟通，彼此了解。能不能告诉我，你们之间到底发生了什么，让你既伤心又恨他？"

　　楚云想，这么多年来，自己心里好比揣着一块石头，压得自己心肺快要炸了，也该一吐为快了！想到这儿，话匣子不觉打开了。

　　十年前，楚云和江宁自由恋爱，刚结婚那会儿，两人真是如胶似漆，恨不得天天腻歪在一起。儿子出生后，楚云虽然把心思侧重于儿子，但是，一家还是那么和和美美。人往高处走，水往低处流，楚云自然也知道"一人得道，鸡犬升天"的道理，希望自己的丈夫能够出人头地。江宁年轻有为，而且教学能力一流，由少先队大队辅导员提拔为乡中心小学教导主任，成为教育管理层的储备人才。

　　江宁忙于学校的工作，楚云一边做好自己的工作，一边还要带孩子，兼顾回老家看望他年迈的父母，极力做好他的后勤保障，一心辅佐他成为成功人士。

　　一年后，江宁由教导主任提拔为村小校长，楚云可是工作家务一肩挑，成为生活中的陀螺，任劳任怨但从不叫苦。

　　江宁以校为家，工作忙。起先每周回来，后来一个月回来一次，楚云也就那么痴痴地认为他真的忙，没有去多想，认为自己和他的感情是铜墙铁壁，牢不可破。

　　累的时候好想去学校找江宁，靠在他的肩膀上做回小女人，每当有这想法时，又担心影响他的工作与仕途，怕人家评论自己离不开男人，最终这种矛盾心理阻止了行为，楚云就不断忍受着不眠之夜的苦涩……

三

听楚云说完，李晴接话道："我说你呀，就是死要面子活受罪。你是去找你的丈夫，又不是别人，何来怕呀？"楚云两手托着腮，感觉闺密的话如驴蹄子，一脚踢到自己的要害，那种无法说出的苦楚在心里如打翻了五味瓶，上下翻滚，后悔自己当时为什么那么怯懦，说不清此时自己品尝的是酸还是咸。

她捋一下刘海儿，接着往下说。

记得是个周五吧，楚云感觉到江宁今晚一定回来。那晚也是巧，楚云饲养的小公猫丢失了好长时间，竟然自己还找着了家，回来了就去找隔壁同事家的小母猫，楚云心想，动物都恋情找家，何况人呢？他都一个月没有回来了，今晚还能再不回来？哪有人不想家的道理？

平时江宁不在家，除了保证儿子的营养，楚云很节省，很少买大鱼大肉，都是他在家才改善伙食。楚云知道江宁好喝酒，爱吃鱼，那晚，她把葱蒜爆得香喷喷的，鱼烤焙得两面焦黄，香味四处串门子，惹得同事调侃说："江校长今晚一定会好好犒劳犒劳你呀！"当时，这话说得楚云如新嫁娘，虽然面带羞涩，心里却是欢喜。

天色已晚，饭菜凉了又热，还是没有江宁的人影。儿子吃过睡下，楚云失望得一点儿胃口也没有，睁眼数数睡不着，外面一有动静，就幻想是自己熟悉的脚步声。天麻麻亮，一地霜，心里

120

总有一种说不口的冲动，楚云鼓起勇气来到江宁的学校，只见宿舍门反锁，里面的鼾声更加激发了楚云的那根神经，她喜滋滋地敲着门。

"谁呀？"里面的江宁惊慌地问。

"我，人家想你一夜没睡着，就……就来了。"说完，楚云闭上眼睛，憧憬着要发生的事情……

一阵慌乱的脚步声，门突然打开，江宁一把抱着楚云，楚云心里还以为他迫不及待了，结果人家不让她进屋。

"我的痴闺密啊，那里面肯定有人，不然不会这样的！"李晴说。

"你说得没错，我就是再蠢，也能想到这一层。"

"那后来呢？"

"后来我们回到家，我委屈地质问，你为什么不让我进你的宿舍？是不是里面有什么见不得的人或者事情？人家一口否定，没有。"

"没有，鬼话。"

"是啊，我问，没有你为什么不让我进去呢？他便一走了之，只留下我一人带着孩子，苦苦回味着不复返的从前！那时候我真的感受到了'爱多深恨多深'的滋味。"

"这个江宁怎么这样啊？"李晴摇摇头，"那这件事过后你们之间的感情呢？"

"嗨，什么感情，那是我没出息，对人家还是牵肠挂肚地放不下，人家变本加厉，几乎不回来，死在学校了，回来了又有什么用，不沾不碰，死猪呼噜一觉醒，提腿走人。"

"你是有知识的人，是他的合法妻子，你为什么不主动要求他？"

楚云苦笑着说："唉，这等事情，我做过。有一晚上儿子感冒，天下雨，他先要走，我说，儿子发烧才退，自从你干了破校长，你一年到头，一天二十四小时都是在学校工作吗？你走就永远不要回来。"

"他走了吗？"

"没走。孩子睡了，我心里琢磨，女人再好，结过婚，生了孩子都掉价，都走俏劲，真的离了，儿子怎么办？再找又能找到什么样男人呢？唉，还是迁就过吧！想到此，我也就放下所谓的自尊心，搂着他，你猜猜，他什么表现？"

"他怎么样啦？"

"他推开我说，你实在想就去找别的男人吧……"

此时楚云再也说不出话来，只是趴在桌子上失声痛哭起来。

"像这种男人，你还哭，要是我，就是离，离，离……"李晴把最后的"离"字说得特别重。

楚云心里想：唉，一桩婚姻哪能说离就离，爱过的人，孩子父亲，如何能甘心奉送给别人。

过一会儿，楚云擦去泪继续说："从那晚以后，我就当他死掉，才能睡着觉……"

说这话时，楚云不觉又想：要是他真的死了，也就罢了，自己找其他男人也是理所当然的事。如今，这个自己深爱的丈夫，把他的快乐强加在自己的痛苦之上，竟然如此侮辱自己，使自己如被人当众扒光衣服，有过之而无不及！

沉默一会儿，楚云说："我从此清醒了，他已经不在乎我与他的夫妻情分了，不然不会说出如此混账的话来侮辱我，导致我对他的恨大于了爱。"

楚云说完，愤恨地用手砸了一下桌子，差点把酒杯打翻。

四

"这家伙，说出这句话，真是够损的，哪个女人都受不了。我就不明白你，离婚是要考虑孩子，但是孩子总归要长大懂事，他迟早会理解的。既然江宁都这样对你，你何必自找苦吃，维持这种无爱的夫妻关系？"

楚云擦去眼里溢出的泪说："我其实是在和他较劲，和那个女人较劲。常言道，捉贼捉赃，捉奸捉双。他常常以我没有证据而肆无忌惮和我吵架打骂，我就在内心发誓一定要抓到他们，把那个不要脸的东西撕烂！"

李晴又摇摇头，有点怀疑地问："你抓到了吗？"

楚云说："有一次周末，他同学来家里做客，我想今晚不会走了吧，结果酒足饭饱，他同学走了，人家说送送，正常呀，结果一送不回。我心里实在堵得慌，一夜没睡，实在咽不下这口气，凌晨没到两点，我骑着自行车到了他的学校，这回学校铁将军反把门。"

"接受上次教训了。"李晴插话。

楚云说："是的，宿舍靠着路，我轻手轻脚走到窗户口一听，那熟悉的呼噜声，确定他在里面。心想，这次我看你如何说。我到西边，把自行车放在墙头下面，踩上自行车，翻过墙头，一脚踢开了门，里面我不说你该知道结果了……"楚云说到这里，没有泪了，像一个胜利的勇士站了起来，深深地吐出一口气。

"那这事情就这么完了？他也没有求你原谅他，或者哄哄你啊？"李晴两手一摊问。

楚云哈哈地大笑，说："他呀从来都对自己的行为没有反省，

123

他是不撞南墙不回头的人，不碰得头破血流，他不知道疼。"

"那你怎么处理，离婚？"

"我想过，可是又放弃了，因为我带学生去看了《铁窗泪》这部电影，我的闺密啊，你知道我是哭着看完的啊！你看过没？"

"看过。"

"那我不重复电影内容了。夜里睡不着，我就在想啊，我要是和他离了，我们都无所谓，最后受到伤害的是儿子，儿子跟了我，成了拖油瓶，将来心里有压力，没有做人的底气。跟着他，有几个后娘善待别人的孩子？有后妈就有后爹，我也是牵肠挂肚地不安心啊！孩子失去家庭，像电影里的孩子，父母离异没人管，最终走上了歧途，坑了孩子，我是受害者，也是罪人啊！想到这儿，还是不离吧。不过在心里发誓，我一定让他亲眼看看，我和他还是在一个屋檐底下生活，看着我没有他，是如何干干净净地生活与工作。从此，我的心对他关上了门。"

五

"你这个倔驴！我怎么说你？那既然你考虑孩子不能离，为什么不能好好地和他谈谈，把你委曲求全的初衷说与他？"李晴点着手指说。

"他在我心里已经是奇臭无比，你吃了一口已经变质的饭菜，你还能再吃第二口吗？"

李晴被问得无语。

楚云说："我和他保持名义上的夫妻，只是为了儿子有个完整的家，无须再和他啰唆。我当时心里打算，等儿子考上大学了，他也懂得人的情感世界了，我和他老子再彻底分道扬镳。"

124

"唉，十年的感情束缚自己，对于一个生理正常的已婚女人来说，是对精神的一种摧残！这么长时间，难道你就没有生理需要吗？"

"说没有，是违心的。但是一想到他和那个女人的行为，我就恶心他，心灰意懒。"

"楚云，我们是好朋友，十年时间里，天下两条腿的蛤蟆不好找，那两条腿的男人多的是，你没碰到一个自己如意心仪的？"

"不可能，我是一朝被蛇咬十年怕井绳。说不想这事不可能，每当看到人家夫妻恩爱如初，心里就有一种隐约的渴望。但我一想到自己深爱的丈夫，孩子的父亲，都那么不可靠，我能找谁？难道就没有假献殷勤乘人之危的色狼吗？我不想把自己的伤口撕扯给别人看，让亲者痛仇者快！自己就这么忍受着生理和心里纠结的痛苦，越来越感觉那点事情没意思。"此时，楚云的脸上依然残留着愤恨未消的表情。

"后来我就选择做班主任，整天和那些可爱的孩子打交道，打发内心的寂寞。"说完后，楚云心里暗想：要不是发现自己身体不对劲，我连你都不可能说！楚云苦笑笑。

六

李晴放下酒杯，盯着楚云的眼睛，微微上扬了一下嘴角，面部表情很丰富，有怜惜闺密柔弱，如此爱惜自己的羽毛，又有热心帮助闺密的自豪，更多是佩服闺密为了孩子，不惜牺牲自己的幸福。

楚云眼里又出现亮晶晶的泪花，嘴角带着一丝苦涩的微笑，望着窗外斑斓夜灯，感叹："人生啊，缘分有多久？没人知道。这条路有多长并不重要，重要的是能珍惜相遇的每分每秒！"她看着窗帘拉线上有个结，心想肯定是断了，被接起来的，她摸了一下线结，心里想自己和江宁的婚姻就是为了儿子，才把这条断的线接起来，但是，这是个永远的结。

两人的心情都很沉重，沉默了一小会儿，李晴说："楚云，我找到了你的病因，我是医生，又是你的好友，我先得警告你！你必须从现在开始放下你的心理压力，过去的事情就过去，敞开心扉去享受生活。你也是知性的女人，夫妻生活是家的纽带，也是人健康的需要。如果违背人的生理规律，一味抑制的话，必然有碍身心健康。你的情况就是长期压抑造成的，生命诚可贵，爱情价更高！你的生命是父母所给，是你自己的。没有了生命，其他都是扯淡！你看你原来两个蠢蠢欲动的小兔子不见了吧！"

楚云低着头。

李晴关切地拉着她的手说："听话，在夫妻之间无须争出谁高谁低。为了自己的健康美丽，放下包袱，安心调养身体，好吗?"楚云热泪盈眶地点点头。

"治病先治心，学会忘记，还要保持积极的心态。照我给你的药按时服用，一定会好起来的，三个月后再来复查。"李晴叮嘱。

七

五月的天气，百花争奇斗艳。三个月的调养，楚云的两腮有了红晕。这天，她头戴玫红贝雷帽，身穿黑色风衣，内搭玫红羊毛衫，黑色金丝绒阔腿裤，亭亭玉立地站在李晴面前。

李晴笑着歪着头左右端详，好比艺术家欣赏自己的艺术品。她打了个响指道："不错不错，楚楚动人，见之忘俗，这才是我的闺密！哈哈！"两人高兴地拥抱着。

"来看看你恢复得如何。"李晴看看血检报告单加以询问后，

126

满意地说："宝贝！看来我的药还是管用的，各项指标基本上达标，再调理一段时间就不用吃药了。你可以回去了，今天没有空和你聊了，我还有其他病人。"

一天，楚云从车库推出电瓶车，刚想走，"嘀嘀！"短信提醒。她打开手机，看到了一段文字："楚云！我随着红十字会到汶川去了，我是学心理学的，灾区的孩子需要心理救助！如有不测，唯有一事相求，请照顾老母！下辈子补偿对你的亏欠！保重！江宁。"

楚云丢下电瓶车，拦住一辆的士，一路上她的心好像要奔出嗓子，不住地催驾驶员开快点。可是，她还是晚了一步，她刚到红十字会门口，一辆挂着"一方有难，八方支援"红色标语的大巴驶了出来。楚云来不及付车费，开车门就跟在大巴后面呼喊"江宁江宁"。

车渐行渐远，车窗里飘出的玫红丝巾变成了一点红，楚云心里明白，那是她最喜欢的颜色，她气喘吁吁地瘫坐在地上，那点红越来越小，直到一点儿影子也没有。楚云大声说："你就把我的心带去吧。"

楚云好不容易调整好心情，把一周的工作任务完成，一大早她就起床，到隔壁的房间里，平时虽然和丈夫冷战，倒是出出进进有人，加之儿子在他们中间穿梭，也没有那么寂寞和孤独。现在儿子在学校读书，节假日回来得少，江宁又去了汶川，一看空荡荡的房子就自己一个人，不免有点冷清。再者，因为自己过于爱护自己的面子，不肯给江宁改过的机会，现在江宁去了汶川，她多少感觉心里有一种说不清道不明的酸楚，毕竟一日夫妻百日恩，何况还有儿子呢，想到这儿，不觉泪水哗哗地流下。

她无心打扮自己，随便扎个马尾，也不想弄饭吃，不觉想起闺密李晴。她拿出手机拨出一串数字，电话那头提示"您拨打的电话已关机"。她自言自语说："怎么回事？"一直到下午她都没有打通李晴的电话。

华灯初上，她来到李晴的家里，敲了好一会儿门，也没有人开门，心里琢磨道，难不成回娘家去了，还是今天没休息？楚云想去找，可是感觉自己筋疲力尽，只好懒洋洋地离去。

回到家里，胡乱吃了口饭，老是安不了心，冥冥之中总感觉有什么事情发生，但又说不出哪里不对劲。她无聊地拨通父母的电话……她来不及和母亲告别，挂起电话，马上打车去了医院。她到急诊室的时候，李晴的家人都在抢救室门口，李晴的父母看到楚云后哭着说："李晴你怎么这么傻？你要有个三长两短我也不活了……"楚云安慰好李晴父母，把李晴的弟弟叫到旁边了解到，李晴的丈夫一直在外做工程，原本也是幸福的一家人，可是，不久前李晴的丈夫回来，直接跟李晴坦白，自己在外面有人了，而且生米做成了熟饭，他们都有孩子了，所以他回来要和李晴离婚。李晴说，只要不离婚，她能理解和原谅丈夫的过错，让她丈夫出钱让小三做人流，她丈夫告诉她，已经来不及了，孩子已经出生，她丈夫说总不能让他儿子没有名分地生活，所以只有和李晴离婚。李晴一时想不开便吞下了大量安眠药，幸好发现得早，被及时送往医院，医生说再迟了就不好说了……

李晴被推出来了，楚云心里一酸，泪水哗哗流下，心想李晴是那么要强的人，怎么能受得了这个突如其来的打击。她擦干泪，走到李晴床头，抚摩着李晴的头，说："傻丫头，你总是安慰我，你自己怎么就走不出这个死胡同？"李晴看到楚云，哇的一声哭出来，楚云拍着李晴说："有委屈就哭出来吧！"心里说："女人啊，就是一朵飘忽的云。"

二妞回乡

　　已是晚秋，引水河村的夜晚寂寞着。二妞娘坐在煤油灯下纳着鞋底，二妞爹抽着闷烟……娘说："闺女啊，你哥是咱家的独苗，三十多了，你爹说了，就让你给你哥换亲吧。"

　　二妞生得俊俏，惹得引水河两边的小伙子魂不守舍，二妞谁也看不上，因为她心里早已有了心上人大军了。娘说换亲的话，二妞已听了无数遍，二妞就是不表态。

　　爹在一旁急了，把烟袋锅朝脚底磕了磕，说："死丫头，你孬好还吱一声啊！"

　　娘扔下手里的鞋底，扑通跪在二妞的面前，眼泪如断了线的珠子哗哗落下，"闺女啊，就算娘求你了，你不答应，你那倔强的爹也不会让娘安生，娘也就不活了……"二妞看着娘满脸的沧桑，一把拽起了娘，娘儿俩哭成了一对泪人。

　　午夜，二妞走在引水河边，她想跳下去，保全自己的一身清白，但她又觉得这样做对不住大军。二妞决定出走。

　　二妞不知跑了多少路，走过多少桥，身无分文的二妞，渴了喝这河里的水，饿就帮着人家的饭店打零工，历经了坎坎坷坷，总算熬出了头。二妞凭着自己吃苦耐劳的韧性，在这个异地他乡的城市里找到自己的用武之地，成了旗袍女装班组长。二妞不甘

129

心自己的命运，每天除了做好自己的本职工作，还比别人多长一双眼，多长一颗心。她深知，要不是家乡贫穷，自己怎么会落到离家出走的地步。城里人能办厂，为什么农村人就不能？她悟出了道理，因为没有文化技术，所以，她白天在厂里工作学习业务知识，晚上到夜大学习工商管理等知识。功夫不负有心人，二妞被提升为旗袍女装项目经理。

三月的南方城市，各色花草争奇斗艳，春季服装出口贸易会正在该市举行。二妞整理好第二天展会所要的资料后，已是深夜，她无精打采，把自己撂倒在床上，一会儿就进入了梦乡。鸟儿成双成对地在芦苇里唧唧啾啾地谈情说爱，二妞和大军手牵着手，快乐地奔跑在引水河的岸边。他们跑啊，跳啊，一会儿他钻进了芦苇丛里，一会儿她冷不丁地被大军拦腰抱着，两人嬉闹着双双跌进水里……吓醒后，二妞再也无法入眠。她望着窗外的天空，云在游走，星星眨巴着眼睛，她多么希望那颗最亮的星星能知道她在想什么，能告诉她心爱的人身边是否有了另一个她，还是也和自己一样在苦苦地思念。自己走了之后，父母、哥哥一切安好吗？想着想着，不觉泪水湿透了枕头。

第二天，二妞陪着老板参加展会，待她坐定，对面的那个穿着中山装，左腮有颗黑痣的帅气男士闯入了她的视线，她的心在惊呼："是你？"对面也是同样的感觉，面部表情写着"是你吗？"难道这是天若有情吗……两道迫不及待的目光像正负电交织在一起！相互思念的痛苦随之被重逢的惊喜代替……

下榻的宾馆里，二妞和心爱的人相拥在一起。她突然推开他说："你……你有……"他还是憨厚地说："你走后，我只找到你在河边丢下的绣花鞋。"说着他便从包里拿出那双绣鞋，"你看，我等了两年，你都没有音信，我就出来找你。每个漫漫长夜，我

130

抱着你的绣花鞋才能入梦，出差我带上它，如同与你伴行……人海茫茫，想不到这么多年过去了……"他说着就哽咽地流下了一串串泪珠……

两人诉说了一会儿别后的相思衷肠。大军问："二妞，我们结婚在这里生活吧？"二妞拨开眼前的刘海儿说："叶落归根，回去！"

"我们都有很好的工作，再回那个穷乡僻壤哪能找到赚钱的地方？"

"我想我们还是回去，当年我逃婚出走，不就是因为我们家乡贫穷吗？现在政府的政策好呀！打工不是我的最终目的，庆幸我们赶上了好时光。我们要把在外面学到的技术带回家乡，让家乡富裕起来，再没有男人因为穷找不到对象，用自己的姐妹来换亲的悲剧重演。"

"我支持你。"大军坚定地说。

金秋时节，大地一片金黄，引水河村的炊烟袅袅升起，一辆黑色的桑塔纳咔嚓停下，二妞和大军终于回到了阔别二十年的引水河村……

二妞娘佝偻着背，步履蹒跚，嘴里不停地说："二妞啊！娘可等到你了。"哥哥泪眼看着失踪多年的妹妹，苍老的眼角噙着泪花，想说什么又低下了头只顾摆弄着手里的农活儿……

晚上，二妞抱着娘说："娘，让你受苦啦！"娘说："唉，女儿是娘的心头肉，娘知道二妞会回来，所以娘就咬着牙过，终于等到你回来了，娘走了也就闭眼了。"娘说着便挑起袖子擦拭眼角的浊泪。二妞安慰娘说："娘可别这么说，娘你要认真过，二妞回来不走了，伺候娘，不再让娘受苦啦！"娘也高兴地笑了起来，可又叹口气说，"唉！你回来了娘少了一块心病。可你哥哥

131

他……你那爹临死还叮咕我，要给你哥娶媳妇，到那个世里也少不了挨这老鬼的骂啊！"二姐拉着娘的手说："娘，你放心，我一定给哥哥娶回嫂子，让你抱上孙子。"娘破涕为笑，"那就好，那就好……"

二姐来到哥哥的屋里，大军正在和哥哥说着话，二姐看着哥哥白发苍苍，两鬓如霜，鼻子一酸，流着泪说："哥，我，我对不起你……"

"嗨，回来就好，哥这样单着也好，正好伺候老娘不操心……"

大军一旁安慰说："好了，哥哥，你是一家之主，我和二姐这次回来就在家乡发展了，二姐懂得服装，我们办一个服装加工厂？"

哥哥一听紧张得直"哎哎"道："你办什么服装厂啊？好多服装厂都倒闭了啊！"

二姐说："哥哥，那倒闭的服装厂都是没有特色的，我办的是中式民族特色的服饰，主打旗袍，这些旗袍面料材质是丝绸，纽扣都是手工制作，成品旗袍深受国内外商家青睐，很有市场空间。妈妈可是绣花老手，她的绣花技术那可是家喻户晓的，小时候谁家的孩子没有穿过妈妈做的绣花鞋？丝质旗袍配上古色古香的手工刺绣，出口到海外，哪件都是上千元。"

哥哥被说得心里乐滋滋的。他又说："哎呀，我又不会针线活儿，帮不了你们啦！"

大军说："哥哥，我们还指望你做我们的助手呢！"

哥哥笑出泪说："哎，妹婿啊，你别拿哥哥开涮了！"

二姐接话说："哥哥，谁天生就什么事情都会吗？你又不痴不傻的，大军是你师傅，还不拜师？"哈哈哈！兄妹三人都笑得心花怒放……

大军二姐回乡创业的消息传遍了引水河村，得到了村镇政府的大力支持。大军跑外销，二姐忙管理，辛苦伴着成功的甜蜜。如今，二姐的民族风服饰有限公司已经拥有了千万资产，事业红火，订单如雪片。

又是金秋十月，双节同庆，民族风服饰有限公司成立十周年之际，引水河的水，碧绿荡漾，那天，瓦蓝得一碧如洗；那田，金光灿灿；那人，喜气洋洋。最开心的数二姐的妈，她呀，张开没牙的嘴巴道："老东西，我去那个世界不怕挨你骂喽。"

孙瘸子

深邃的金秋，万木凋零。衰草残花埋藏着点点凄凉与悲伤。

孙瘸子挎着小篮子，来到一座坟前，摆上四个有点心的小盘子，放上两个酒杯子，倒满酒，放两双筷子，用打火机点着纸钱，火光照着他老泪纵横的脸！

他嘴里不停叨咕着，二嫂，今天是你的祭日，我给你送钱来了，孩子们都过上好日子了，你和二哥别惦记，好好在那边过吧！有朝一日我去了找你们……

孙瘸子抹一把泪，甩在田地里。在纸灰四周画一圈，叩了叩首，一瘸一拐地往回走。身后的坟茔烟雾袅袅升腾，似向人诉说着那曾经的忧伤。

孙瘸子口中的二嫂二哥不是他的亲兄弟，二嫂的丈夫刘二和孙瘸子同年，两人的父辈是拜把子兄弟，自小刘二和孙瘸子一起长大。孙瘸子在逃难途中跌伤了腿，造成了终身残疾。

刘二的父亲刘大爷是十里八村有名的剃头匠，孙瘸子父母抱病而亡后，孙瘸子跟着刘大爷生活，刘大爷收他为徒。

二嫂一直没有名字，和刘二没成亲前，刘家老少都叫她丫头，庄上人也就叫开了，到和刘二成亲了，大伙儿自然就称呼她刘二嫂。

刘二嫂不是用花轿抬过门的，是她自己跑来的。

那年寒冬腊月，西北风裹挟着鹅毛大雪，不睁眼地下了一天一夜，天地间没有一丝杂色，村庄被掩埋在白皑皑的大雪中。

清晨，太阳露出了红脸，刘大娘嘶哈嘶哈地推开锅屋的柴门，被眼前的一切惊呆了！锅灶门口放着一只黑不溜秋的破包，一根打狗棍，一只脏兮兮的蓝边碗。烧锅草里蜷曲着一个瑟瑟发抖的"草团"，她战战兢兢地用烧火棍抵抵那个"草团"。"草团"抖得像筛糠一样站起来，倚在锅屋的墙角，用惊恐的眼神看着刘大娘。要不是那对滴溜溜转的大眼睛能看出是人，她活像风中摇曳的稻草人。

刘大娘看是一个十几岁的小姑娘，心里平缓地吐出一口气。"哎哟，还是个闺女。"她伸手拽拽那"稻草人"的手，冰扎骨地凉，她立马从锅夹洞里掏出瓦罐，倒出热水，示意她洗脸。她洗完了脸，白皙的瓜子脸如画中所描，一汪秋水的大眼睛啪嗒啪嗒地眨着。"哎呀，多俊的丫头，要是被冻了，这就可惜了！"刘大娘顿生怜悯之心，一边擦着她的手脸，一边说着。又找来一双毛窝子给她穿上。顿时女孩子浑身暖和了许多。

晚上，刘大娘和老伴商量说："我看这丫头还挺俊的，要不留下来，给小瘸子或小二子做媳妇吧？"刘大爷扤扤头，哑着嘴说："呀呀，留下来多一张嘴。"刘大娘说："看你说的，这丫头不得吃你闲饭，穷人家孩子会过日子。小瘸子现在跟你打下手好样的。"刘大爷没有接话，表示默认刘大娘的意见。

雪天雪地的庄子上除了有时候狗跑出来狂吠几声，要么就是跑到草垛或墙角处，翘起后腿撒一泡狗尿，冒出点热气，整个庄子像在冰窟窿一样。

过了两天，天气回点暖，刘大娘一滑一踏地跑到街上买了点花布，用家里的旧棉花，给丫头做了套新棉袄新棉裤，就这样，丫头在刘二家度过了寒冬。

一天，丫头和刘大娘在门口晒太阳，刘大娘拉着她的手问："丫头，你家在哪里呀？你大你妈呢？"女孩子用疑惑的眼神看着刘大娘。"丫头，我不是要撵你走的，我是问问你家在哪里，你家还有几口人。"丫头眼泪哗哗地摇着头，扑通一下跪在大娘面前，大娘连忙拽起说："嗨，别跪着。"可是她怎都不起来。"闺女你有话就起来说呗！"刘大娘擦把泪说。"不，大娘，俺没有家了，俺爹娘死啦！您就收留俺吧，俺能给您喂猪、烧饭、打柴，俺甚事都能干！"丫头哭着说道。"丫头，大娘不是那意思，我就问问，我怕你亲大亲妈找不到你着急！你起来吧！"刘大娘点点头拽起了她。丫头听了刘大娘的话哭得更凶。"丫头别哭了，有二子和瘸子吃的，就有你一口。"刘大娘心疼地摸摸丫头的头发说道。就这样丫头成了刘家的一员。

丫头很勤快，也能吃苦，洗衣做饭，割猪草，喂牛，做事有板有眼的；也心灵手巧，跟着刘大娘学做针线活儿一点儿也不用大娘操心，一点就通；还懂事，农忙时，丫头都把干粮留给下田干活儿的刘二吃，自己只喝点稀饭。大娘看在眼里，从心底喜欢这丫头。

丫头来到刘家已经有四五年了，虽然没有大鱼大肉吃，却也再不用过风餐露宿的讨饭生活，个子长高了一头，出落得像一朵芙蓉花，乌黑齐腰的大辫子拖在背后，走起路来两辫梢在翘臀上左右摇摆，谁走过都会回头再看一看。兄妹三人春天割猪草，夏天放牛，割牛草，晚上三人提着灯笼逮肉狗子（知了幼虫），冬天一起拾草。她还用棉花拧成棉线，给刘二和瘸子织手套子。不过丫头总是先给刘二织，而且织得又密又好。孙瘸子和刘二很关心这个逃荒过来的妹妹，有好吃的、好玩的都先给她。老两口看着三个孩子情投意合，心里喜滋滋的。

又是万物复苏的时节了，刘大娘看着丫头和刘二在屋里织渔网，怎看怎喜欢，一人痴痴地偷笑。

晚上，刘大娘用脚踢踢脚头的老伴："他大啊，我看这丫头也不小了，一黄盆猪食不费劲就端起来了，常言道：'丫头能端盆，就能撑住人。'你说是给我家小二子做媳妇，还是瘸子呢？"

"我看这丫头心气也高，不会看中瘸子吧？"刘大爷答道。"那是的，强扭的瓜不甜，看不中，就给小二子吧！我看她和小二子合得来。""呼！"刘大娘吹灭了煤油灯。

阳春三月的一天，温和的风透着别样的亲切，轻柔地拂人面颊，几分腼腆，几分矜持，几分羞涩，钟情人的诗韵，飘逸着灵魂，悠然着思绪。

孙瘸子和刘二在织渔网，丫头和刘大娘在太阳下纳鞋底，大娘把针线扁子往丫头跟前挪挪：

"丫头，你多大了？"

"大娘你问俺这干吗呢？俺十七了。"

"哦，也不小了，我十六岁就做新娘子了。"丫头听着大娘的话，脸庞顿时绯红，心里绽放着朵朵鲜花，就要蹦出来似的，只好低头纳鞋底嗖嗖地抽线。

"我给你找个婆家好不好？"大娘眯着眼试探着问。

丫头用疑惑的眼神看着大娘，羞涩着低头不语。

"你做我儿媳妇吧？"丫头羞得两手捂着脸，从手缝里偷看大娘。

"呵呵！男大当婚女大当嫁，迟早的事，害甚羞咧？"

"大娘，俺不嫁，就跟你过一辈子！"她撒娇地摇晃着大娘的

137

臂膀。

"傻丫头，那咋行呢？你是喜欢我家小二子，还是喜欢他呢？"丫头抬起美眼，羞答答地看一眼高大俊朗的刘二，剜一眼矮小的瘸子，又低着头搓着衣角噘起嘴。大娘看出来丫头的心思了。

丫头和刘二子没有多大排场的婚礼，放挂鞭炮刘二和丫头就圆房了。

孙瘸子一人躺在边屋里，手摸着瘸了的腿，不觉热泪顺着脸庞流下，心窝里似装着一块冰，凉巴巴的。

年把之后，丫头的肚子就圆溜溜的。刘大娘欢喜得合不拢嘴，一家人的日子过得鱼不跳，水不响的。庄上人都改口称丫头"刘二嫂"了。孙瘸子当然也改口叫丫头二嫂子。瘸子依然不声不响地跟着刘大爷学剃头。

"生死有命，富贵在天"，这句话还真不假，阎王爷也是个小肚鸡肠吧，看不得人家的家和万事兴。刘大娘先生了病去世不到三年，刘大爷也抱病离去。

孙瘸子抱着刘大爷的棺材哭得死去活来。两老人生前，他都称大爷大娘，老人死了，他就哭亲大亲妈了，哭得昏天暗地。庄上人都说刘大爷夫妇没白养活孙瘸子。

出殡那天，孙瘸子也是披麻戴孝的，捧着哭丧棒排在刘二后面，领棺材下地，惹得四乡八邻的人看热闹。

孙瘸子一声声"亲大亲妈"，惹得人群中的女人都一把鼻涕一把泪地陪着孙瘸子呜咽着。

孙瘸子虽然身残，但是很勤快，也是个好剃头匠。

刘大爷走后，他自然接过他师父的剃头挑子，走乡串户为乡邻们理发，雾里雨里重复着相同的故事。

吃大锅饭时，理发不要钱。农业社了，本庄的乡里乡亲的大人小孩子理发、刮胡子的，孙瘸子都不要一分钱。大家不过意，到了年底都会聚点鸡蛋啊，逮只瘦得剁不了一大碗的公鸡或干豆角什么的送过来为人情。孙瘸子舍不得吃，都把这些给刘二的孩子吃。孩子也都跟孙瘸子格外亲近。孙瘸子浆浆洗洗、缝缝补补的，也都是刘二嫂承包。

一年寒冬腊月，寒风刺骨，麻雀被冻得紧紧地夹着翅膀，缩着小脑袋，有一声没一声地哀鸣着。

河工上已经是生机盎然了。成子河大堤上红旗招展，河堤上下密密麻麻的人群像无数只蚂蚁在匆匆搬运着一堆蔗糖，紧张而有序。抬土拉车的号子声响彻云霄，人的脚没有一个固定的地方。北风呜咽，喇叭声响亮昂扬。民工吃住在成子河旁个把月。孙瘸子不能下河抬泥，他就来河工专门为民工理发刮脸。

"哎哟，我的妈啊！"刘二尖叫一声，右脚底血水直往下滴。原来是大家抢着干活儿，一把筑钩齿朝上放在水里，刘二一脚踩上了。民工赶紧把他扶着上岸。"哎哟，哎哟！"刘二龇牙咧嘴地哼，血滴满了路上。

"啊？这怎的？二哥？"孙瘸子惊讶地问，他赶紧把挑子上的热水盆端来，洗去刘二脚上的泥，一看脚掌上小手指头大的一血窟窿，血水像云泉一样直往外冒。孙瘸子连忙把自己的破棉袄撕一块破棉絮，堵着血洞，又在上面裹了一层稻草，把刘二扶到工棚里去歇歇。有一袋烟的工夫，刘二感觉不疼了，就一瘸一拐地出来，拿着铁锹准备下河。"二哥，你不能下水，这天寒地冻的，你的伤口进水会害的（发炎的意思）！"孙瘸子关心地说。"有多大事呢？就是戳了一下，又不是女人生孩子，抓紧干，完工了，好回去过年……"刘二说着就扛起铁锹下河。

几天过后，太阳渐渐地收起了灿烂的脸，成子河更加寒冷，野鸟摇曳翅膀飞向自己的巢穴不出来，气温急剧下降，水窝上结了麻花冻，民工脚踩上面都咔嚓咔嚓地响。晚饭后，民工脱下湿淋淋的鞋子，立马冻成铁壳子一般。河边的夜静得让人害怕，只有孤鸟偶尔发出"啾啾"的叫声，再就是各个工棚里的民工打鼾声像夏天的蛙叫，此起彼伏，一声比一声大。

刘二突然浑身抽动，大汗淋漓，牙咬得咯咯响。旁边的民工被刘二的哼哼声音惊醒，点上煤油灯，借着微弱的灯光一看，刘二满嘴血沫，蜷曲着身体，眼睛得圆圆的，定着神，摸摸他的身体，虽然还有微热，但是腿和手都僵硬地蜷曲着。大家都手忙脚乱地掐人中什么的，都无济于事，刘二最终还是没有活过来。

孙瘸子再是死命地摇晃哭喊，刘二也回不来了。队长连夜组织人手，把刘二的尸体抬回去。河工结束后，才知道刘二是因破伤风而死。

刘二走得真不是时候啊！二嫂又身怀三月多。二嫂声嘶力竭的哭喊声划破了村庄的宁静。三庄四邻的都嗖嗖地来到刘二家里，个个都陪着二嫂掉泪。

刘二是在河工上死的，队里为刘二置办了一口柳木棺材，给二嫂三十斤玉米、二十斤小麦，刘二嫂记一年的工分。小孩子们吃平均口粮。二嫂哭得天昏地暗，一切后事都靠孙瘸子料理了。

二嫂由于伤心过度，三天两头地发烧，日子如走刀尖般地难熬，孩子又小，好在有孙瘸子，挑水劈柴，自留地里的刨刨种种什么的都是孙瘸子。孩子头疼脑热的，孙瘸子自然就担当起父亲的责任了。农闲时孙瘸子挑着剃头挑子走乡串户，逢集时就赶集为人剃头理发，苦点生活费给二嫂贴补家用。

严寒过后，春天来了，百花齐放，温暖宜人！但是，对于二嫂来说就难过了。一天晚饭后，天空突然间黑沉沉的，像玉帝打翻了墨水瓶，轰隆隆的雷声响起，闪电划破夜空。不一会儿，风追着雨，雨追着风，风雨联手赶着乌云，整个天地处在雨水之中。这时候，刘二嫂的肚子赶阵地疼，疼得她两腿跪地，双手扒着床框，吓得三个丫头号啕大哭。

孙瘸子刚歪倒在床上，就觉得家旁二嫂的屋里有哭声，连忙起来，顾不得穿雨蓑子，一瘸一拐地过来，推开门，二嫂娘几个痛哭一起。孩子一看到孙瘸子齐声叫道："小爷，你快救妈妈啊！"二嫂有气无力地说："他小爷，你……快……去……后庄子带接生婆……"

孙瘸子掉头冲出门外，头顶大雨，连滚带爬地请来了接生婆。还没有来得及换去湿衣服，就连忙烧水给接生婆煮接生用具……

雨渐渐地停了，夜也静了。"嗯啊……"一声啼哭，一个男婴诞生了！因为雨天出生，就给孩子起名为大雨子。

儿子的出世并没有给这个家带来欢乐。二嫂愁眉苦脸，好不容易地出了月子，她整天抱着儿子要么就是流泪，要么就是呆望。一天，二嫂抱着襁褓中的孩子，坐在门旁，眼泪哗哗直滴，孩子一声声啼哭，她都无动于衷。孙瘸子挑着挑子回来，他放下挑子，"二嫂，二嫂"叫了两声，二嫂才回过神来。

"二嫂子啊，你不能这样整天哭哭啼啼的呀！孩子还小，你要是哭坏了身子，这四个孩子咋弄啊！"

"他小爷啊，我，我哪里想过下去啊！这仨丫头还没成人，又来这一个连他老子面都没见……"二嫂说着泣不成声。

"二嫂子你不能瞎想啊！二哥是我兄弟，我有吃的，你和孩子就饿不着！"

141

"你腿脚不便，我娘几个拖累你受罪！"

"你看你说的，我大我妈去世那会儿子，不都是大爷大娘养活我的吗！"

从那以后，孙瘸子便成了二嫂娘几个的顶梁柱了。孙瘸子和刘二嫂娘几个白天一锅吃饭。二嫂在家带孩子做饭，洗洗涮涮，农忙了他就做农活儿苦工分，阴天下雨、农闲时就挑着剃头挑子赶集理发。晚上收摊回来，都如数交给二嫂开支家用什么的，隔三岔五地从街上割斤把肉来家给孩子解馋。

说说讲讲大雨子快生把大了。一天，收完麦子的孙瘸子腰疼背痛，二嫂早早做了晚饭，吃过了，他拖着疲惫的腿，摸起水桶要去挑水，二嫂一把拽着水桶系子说："你回屋去歇着吧！明天早上再挑！"瘸子顺从地放下水桶回屋里睡觉去了。

"咚咚！"孙瘸子在睡梦中被敲门声吵醒。他连忙起来，原来是二嫂抱着大雨子站在门口，"他小爷，他小爷，大雨子发烧，抽筋了！"二嫂带着哭腔说。

孙瘸子一摸大雨子的头，滚烫滚烫的像火球。"走！"他把大雨子放在剃头挑子里挑着，和二嫂一起去医院。

他挂号拿药，孩子挂水，他和二嫂换着抱孩子，旁边的人都误认为他们是夫妻，有一对看孩子的夫妻小声嘀咕，"你看那孩子妈妈多俊俏，怎说给这瘸子做女人啊？"男人说："大门口种菠菜，各人心中爱！"

大雨子能穿着他姐姐们小了的棉袄棉裤满地跑了，跟着大人后面牙牙学语。孙瘸子赶集剃头都会把大雨子带着，大雨子一时看不到孙瘸子就到处地找。

夏收夏种后，农民又能喘口气，聚在一起把传宗接代的东西挂在嘴边，相互调侃了。

一天，孙瘸子又把剃头挑子放在队房屋后树底下，为乡邻理发，大雨子也在那里玩耍。四周围满了人，有男有女，有老有少的。头像抱窝鸡的"自来卷"追着大雨子问："大雨，你妈妈是和你小爷睡一头的吗？"孩子总是纯真无邪，用疑惑的眼神望着"自来卷"。她看大雨不懂，还抱着大雨，把大雨放身下问："大雨，你小爷和你妈妈是这样睡觉的吧？"大雨子还是疑惑地摇摇头。大家一阵哄堂大笑。

肥头大耳朵，和狗坐着一般高的"小日子"跑过去一把把"自来卷"摁倒在地，趴在她身上，屁股一撅一挺地说："大雨子，就像这样子……"大雨子头摇得像拨浪鼓一样。

"自来卷"推开"小日子"骂："你这狗日的，还来真的啦，你那'苦东西'，要不是有裤子，还真的戳进去了!"

"哈哈哈，这叫隔层布千里路，小鸡找不到路!"女人笑得弯腰撅腚。这女人得不到满意的答复，又直接开涮孙瘸子："嘿嘿，瘸子啊!你说你天天和刘二嫂一锅吃饭，还能没一床睡啊，乖乖!瘸了要是上了，就软拖了!""哈哈哈!"人们又是一片哗然。孙瘸子板着脸只顾剃头。

"大雨子啊!你叫他大大，我给你糖吃!""自来卷"两手背在屁股后，假装手里攥着糖。"大大，大大!"大雨子欢快地叫着，女人们就开心地咯咯笑。

几次拿不出糖来，大雨子就在地上打滚哭，孙瘸子也许是心疼大雨子，也许"自来卷"说到孙瘸子的痛处，他把刮胡刀子往地上一戳，端起脸盆追着"自来卷"骂："你个狗东西，你一时摆弄我，又拿孩子瞎耍什么？你家孩子要是死了亲大，你呢?""自来卷"被这一骂，也就觉得自己无趣，哭丧着脸，朝孙瘸子剜一眼，龇着牙，心里暗骂：妈的，真当亲养的了!

这么一闹腾，看热闹的人也不欢而散了，只有需要理发的还在等着。

春天的故事让人们不但解决了温饱问题，而且思想和价值观念也发生了变化，年轻人都潮水般地涌到城里淘金。

刘二嫂的三个闺女也长大成家了。家里的承包地，收割有大型的收割机；栽秧，只要出钱，有人帮你，所以三个闺女都随着进城大军南下了。家里只有大雨子在读书，二嫂的日子也有了新盼头。

时间是疗伤的良药，二嫂脸上也露出深藏多年的笑容。不再一人待在家里，时常穿着女儿从城里带回来的光鲜衣服。虽然岁月这把杀猪刀，在她额头眉宇间刻下道道沧桑，但是，二嫂本身就是个美人坯子，稍微收拾，当年的风韵依稀可见。没事的时候，个把知心妯娌就会说：

"嗨！他二娘啊，我看他二爷过世这么多年了，瘸子就是瘸了点，你们其实就那层窗户纸了，满床儿女比不上半床夫妻，你不如和瘸子……"

"唉！都习惯了！"二嫂极力地把眼泪窝在眼眶里，颤抖地说。

"你要是不好意思说，我去和瘸子说？"二嫂两腮绯红低头不语。

五月春暖花开，麦地里金黄的麦穗沉甸甸地弯着头，像羞涩的成熟女人。收割机轰轰隆隆地张开手臂，欢快地挽着一缕缕麦穗，顿时敞口里哗哗淌出粒粒饱满的麦子。孙瘸子和二嫂欢快地把麦子往回运。

晚饭后，二嫂烧好了洗澡水，让孙瘸子洗洗。"我……"孙瘸子扭捏地扛扛头说。"我什么啊，你去洗不咧？"二嫂不耐烦地说。

二嫂连忙到锅屋里打了一桶热水，提到巷口里，拿了毛巾递给了孙瘸子，随后就是窸窸窣窣的滴水声。

这水声一下子激活二嫂浑身的细胞，她血液变得汹涌澎湃，一会儿她明显地感觉自己的心开始扑通扑通地跳起来，呼吸也变得有些急促了……她茫然地竖起耳朵听了一会儿，沉默十几年的心已经完全被那细微的声音搅乱了。

她知道在她不远处，有一个男人正赤身裸体在洗澡，水流过他的胸、腹……那水流声似乎流入心里，便不由自主地眼光往水声递出来的地方望去。突然间，一种渴望和冲动搅得她欲火焚身，好像有一种被压抑许久的火苗涌动着，要喷射而出……

今晚，星星先前还眨巴着眼，一会儿又藏起了眼光。这时孙瘸子洗完澡，出了巷口，拿着外套要回自己的住处。

"他小爷你……"

"你还有甚事情?"

"没有事就不能陪我坐坐说说话吗?"二嫂抱怨地说。

"能。"

"你先坐，收一天麦子，浑身刺挠人，我先洗一把。"

二嫂又进锅屋里，打了热水，提进巷口，随后又是窸窸窣窣的滴水声。

那声音让孙瘸子明白，此刻，他不远处，一个女人正赤身裸体地洗澡，水流她过的胸、腹……那声音一下子就吸引了他全部的注意力，突然间的内心冲动搅得他浑身亢奋，尤其是那个被荷尔蒙激起的家伙伸头探脑地一呼即出!他站起身来，两手放在胸口，屏着呼吸，又重新坐下……

二嫂洗完澡，穿上女儿从城里买回的粉色睡衣，端着盆出来，随着走动，一股香皂味蹿进了孙瘸子的鼻子里，他使劲地吸了一口气，好香啊！像饿久了的狼，很想上去吃一口香美的食物。

他用手狠命地掐自己的大腿根，心里骂：混账！该死！想哪儿去了？朋友妻不可欺，何况是自己兄弟的妻子，自己的嫂子！

二嫂端个矮凳子坐在孙瘸子的对面。瘸子借着暗月亮光，低头瞬间窥视了二嫂，那浓密的短发，依然是那么乌黑，一双溜溜转的眼睛还是像秋水一样清澈，那高高的鼻梁下，紧抿着的嘴唇，两角微微上翘，那年轻时的美还依稀可见！他咽下口水，干咳了两声。

两人沉默着，沉默得彼此都能听到对方的心跳和从鼻孔传出的呼吸声音。

孙瘸子挪了一下身子，又干咳一声说："二嫂子，你累一天，你歇吧，我也过去了。"起身转脸要走，二嫂一把抱着孙瘸子的腰，又是一阵沉默，又是一阵心跳！瘸子摇摇脑袋，紧抿着嘴，慢慢地扒开二嫂的手……

二嫂的泪无声无息地从眼眶里滴落到嘴里，心里酸酸的，苦涩得难以下咽。

"二嫂，你？"

"你，你什么啊？"

"你，你是我嫂子，二哥……"

"他是你哥，他早死了！"

"我，我瘸，瘸……"

"你腿瘸了，你心也瘸了？"

"不，不是的……"孙瘸子是把二嫂捧在手里怕摔碎，含在嘴里怕吐不出来，他咬着牙克制着全身的细胞活动……

"呜呜……"二嫂砰地关上了门。

146

孙瘸子抹了一把泪，想说什么，可是张着嘴巴，一手在空中丢落下来，"唉——"自己唉声叹气地回自己的小屋。

灿烂的春迎来了葱茏的夏，夏的蝉声消逝迎来凉秋。

秋风吹熟了庄稼，也吹瘦了树木。大雁排排南去，昆虫忙着筑巢。农田里的水稻弯着腰，像驼背的老人。机器轰鸣，呜隆隆地忙着收割稻子。孙瘸子和二嫂在自家的田头等着收割机，一直到下午，夕阳只有树头高才轮到收割他们的稻子。

机器开进二嫂的稻子田头，两人弯腰挥镰割地头的稻子，好让机器转头。机器唰唰地一趟又一趟，像饿牛吞草，一趟到头，机舱里哗哗啦啦地吐出黄澄澄的稻粒。

孙瘸子和刘二嫂在田头路上放上油布，把收好的稻谷倒在上面，像一座座金光灿灿的小山包。他俩的脸笑得像灿烂的菊花。

快要收完了，地头还有几棵稀稀拉拉没有绞进机器里的稻棵子，二嫂就拿着镰刀割着，收割机一转头，往后一倒车，把二嫂死死地压在车轮之下，二嫂头颅模糊成血饼子……

孙瘸子赶紧跑过去，"啪嗒"一下跌趴在地，吃了一嘴泥巴。他来不及擦，爬起来一瘸一拐地到二嫂前一看，抱起血肉模糊的二嫂，撕心裂肺地哭喊：

"二嫂子，二嫂子！"

"扑啦！"田头树上的鸟听不下去孙瘸子伤心的号哭，飞走了……

如今"剃头匠"孙瘸子，已经是八旬老人了，他还是挑着剃头挑子在小集镇上摆摊，为那些上了年岁的老人理发、刮胡子。

可能是常年挑挑子的缘故吧，他的背佝偻得像一座桥洞，一张风吹日晒的瘦脸，满是老树皮一样的皱纹，光秃秃的头上几根稀毛如枯草般临风摇曳着。

拉　　票

一

儿媳妇大洋马"日"的一声把电动车开到门前，从车后斗里端出两碗香喷喷的肉馅饺子："大大、妈妈，饺子趁热吃吧！"

婆婆一惊，这不节不年的送甚饺子？她忙不迭地接过来，感动得一时不知说甚是好了，端着碗的手有些颤抖。她望望天，又直愣愣地看着儿媳妇，很久不相信这是真的。特别这声亲亲的"妈"，叫得她心里发抖，仿佛天籁之音。

大洋马趁老两口愣怔的工夫，快速地把他们的铺盖搬上了电动车，电门一紧，就开出了鸡场的大门，身后留下一串喜人话来："大，妈，你们吃好了就自己往前走一走，我回头来接你们啊！"

之前的大洋马，个把月也不来这里一趟，即使猴年马月来一趟也没个好言语，常常大呼小叫地批评婆婆公公，不是这里不是，就是那里不好，然后吃饱喝足，一推碗走人。在鸡场忙活的人，常常指着她的后脊梁，骂她不是人养的。

老夫妇就国通一个儿子，国通遗传了父亲老实忠厚的秉性，

148

年轻时和女孩子一说话，脸就憋成个下蛋鸡，而找的媳妇大洋马却是只山喜鹊，专门找公公婆婆的不是，这里"喳喳"，那里"呱呱"。国通成家立业后，老两口就成了儿子媳妇的保姆，洗衣做饭，拖地抹桌，一刻不停。

小孙子出世了，老两口喜得两眼笑成了一条缝。儿媳妇身份也随之升了级别，她对老夫妇改称"他爷、他奶"了。其实称呼算个啥呢，不就是个代号吗？只要一家过得快快乐乐，儿媳把他们排号叫，老两口也不在乎的啊！

孙子上幼儿园了，大洋马的脾气芝麻开花——节节高，她不是嫌老两口脏，就是说公公抽烟影响孩子的健康。常言道："老要识时。"为了接班人健康成长，老烟枪的公公，戒烟若戒毒一般，难受得抓心挠肺。每当烟瘾来得急，他就赶紧跑到门外猛抽几口解馋。

那天，玉帝和王母吵了架，整天哭丧着脸，儿媳妇一进院子，像是挨马蜂蜇了一钩子，尖叫道："这么大年纪了，也不知好歹，把家里搞得烟熏熏的!"公公的心，如重锤撞击闷钟，只有瑟瑟地颤抖。这是自己的"错"啊！怎么就戒不掉这晦气烟呢？他扬手掴了自己两巴掌，垂下了心酸的老泪。公公秉承家事家了，不和儿媳相争是非的古训，心里有屈，就往肚里倒着流泪。

秋风吹瘦了树木。这天早上，婆婆很难起床了，老伴帮她穿好衣服，她觉得腰怎么也直不起来，将就着扶着墙挪到厨房，烧好了全家的早饭。饭后，老头子用电动三轮车送孙子上了幼儿园，又带老伴去了医院。CT 片子一出来，医生说是腰间盘突出，需要卧床理疗。这下可难坏了公公，公公唉声叹气，老伴不能做活儿，这一家子吃喝洗涮谁来管啊？婆婆安慰公公说："唉，我慢慢撑着嘛!"晚上收拾清了,公公才陪着老伴去理疗。衣服没有从前洗得及时了,地面也没有从前干净了,饭也做得简单了不少,儿媳的脸色如同死人进门,见了老两口,恶狠狠地剜了一眼,一口唾液吐在了南墙上。

半个多月过去了,婆婆的腰好了点。在板材厂上班的大洋马周六休假,儿子被支委会推荐去县里参加基层学习班去了。人老觉少,老两口早早起了床,他们就去庄稼地看看冬小麦的长势,地里是否还有返魂草。回来后,老两口怎么也开不了门了,打电话给儿媳妇,大洋马说,"在娘家呢。"就挂了电话。老两口左等右等,东张西瞧,直到太阳偏西,也不见大洋马回家的影子。老两口终于明白了什么。于是,他们谁也不说话,沿大运河边,在凄凉的冷风里一前一后,漫无目的地往前走,走到了一段岔河口,老两口停下了脚步,相互挽着手慢慢地向河心走去……

河对岸,有个养鸡老板眼睛直愣愣地望着河水漫到了老两口胸口,他们还是往里走。鸡老板喊破了嗓子,招呼鸡场的乡亲一起,救了老两口。老两口咬死不说儿媳的过处,就说老两口都觉得活得实在没有意思,想一起去阎王那里去报到。鸡场老板是个好心的聪明人,他没有多问什么,就安排老两口给自己鸡场看门,这样老两口才有了自己的安身之地。

二

前天,村部的高音喇叭一连响了两天,现任村长在广播里提前向村民宣传新一届村委换届选举工作。

大洋马想到了丈夫李国通。

国通是村里历任支委,又很得老支书的赏识。现在趁选举刚

150

开始，帮国通吹吹风，弄个村长干干，我大洋马也在人前有面子。

那天太阳爬上了树头，大洋马跑到村支部，说明了来意。老支书轻蔑地瞥了一眼大洋马，笑了笑，说："谈谈国通的竞选条件。"大洋马圆睁着一对能说话的大眼睛说，"国通他年轻有文化，热爱共产党，还是历任支委，前不久还进了县学习班呢！老支书，你说他哪样不合条件？"老支书吸了一口烟，长叹一声说，"是啊，你丈夫年轻，热爱共产党！可他连生他养他的父母都不爱，你看他麻线穿豆腐——还能提得起来吗？这下，我怕他是连支委也挂不住啦……"

大洋马顿时脸红得如烧熟的大虾，无地自容。

回到家里的大洋马像是丢了魂，一时发呆，一时扪头。是啊，自从公婆被抛出家门，丈夫李国通和自己一直处于冷战状态。他虽然没有对自己动手脚，可是整天面无表情，如木偶一般，整天趴在电脑上。夜深了，电脑还传来一阵阵"嘀咕嘀咕"的声音，偶尔他眉开眼笑，双手就如鼠扒土一般，快速敲击键盘。现在网络交女友不稀罕了，难道国通因为自己不孝顺公婆，在外搞网恋？这一段时间，他常常独自去公婆住过的屋里睡觉，始终不肯碰自己，自己偶尔心血来潮，主动出击，国通都是心不在焉地敷衍了事。国通成了梁上的咸鱼，自己却成了一只猴急的猫……

自从父母出走之后，国通如芒刺缠身，觉得自己无脸见人。父母含辛茹苦养育自己，娶了媳妇，父母本该享受天伦之乐，可是这个恶媳妇，活生生把父母挤出家门。每当大洋马如母老虎一般咆哮自己赚不来钱养家时，他举起的拳头又无力地放下了。是啊，自己无用，要是有本事赚到大摞大摞的钱，我李国通能喝你这杯窝囊酒？他唉声叹气地在心里埋怨着自己。

走投无路的国通，在城里望着白花花的太阳瞎转悠，当他走近环湖绿岛电子商务有限公司门前的时候，那里聚集了好多人，他停住了脚步。一个西装革履的年轻人对面前站成一条线、同样是西装革履的一群年轻男女说："我们电商是干什么的？就是创造这个网络的商业平台，搞线上、线下的一系列商业活动的。我们本地的所有土特产品，全部可以通过这个网络商业平台，走向国际市场。去年台湾的一个国民党上将，临死时想吃一口家乡的酸浆稀饭，我们不就是通过这个平台在他临死时满足了他的愿望吗……"站在不远处的李国通，大脑里像通了电，忽闪一下亮，又忽闪一下亮。要这样，我们村的农副产品，何不通过这个多元化的立体网络平台走出去呢？

想到这里，他兴致勃勃地找到了业务主管。

主管起先对他很赏识，打算招他为业务学员。可人家电话打到村里一了解，知道他是一个不孝子，事情就作罢了。一个下颚长着一颗黑痣的女主管好心地对他说，我看你对我们电子商务公司很上心，你对自己的父母一定要好一些。这样吧，你明天来我这里进行网络客户端软件培训，以后的事情我来通融。李国通感动得快要给她跪下了。

三

这一天，李国通突然人间蒸发了，急得大洋马头上冒汗，心里乱颤。她知道自己犯下的错误被人嘲笑，也影响了丈夫的名声，这个闷葫芦在外要是有什么三长两短的，我大洋马还能活得成？她如坐针毡，心里如井里的打水桶——七上八下。

152

手机屏幕一亮，一阵铃声。大洋马如抓住了一根救命的稻草，她抹去了额头上的一层细汗，用颤抖的声音问，国通你在哪里啊？

国通说，我在干正事情，家里的事情就交你了，你知道该怎么办！嘟……嘟……嘟……

国通挂了电话，大洋马六神无主。这个狗日的闷葫芦，肯定扫帚抵门——出岔枝了！妈呀，他要是在外和人家花狐狸有故事了，我可怎么办啊！儿子将来也要背臭名出大难的，老天爷啊，李家好端端的家就要散板了……

离婚？大洋马曾听过无数夫妻不和闹离婚的故事，大洋马认为，两口子在一起过不了，离就离呗，有什么了不起的事情呢？可今天想到这件事情，自己即将面临的时候，她才知道，自己对李国通这个冤家是如何不舍！

大洋马一夜未眠，直到天光大亮，还感觉到今天的阳光没有昨天的光明。经过了一天的思来想去，她眼睛一亮，计上心来。

面子算个什么东西，也是一块遮羞布，拉下来也就是这么一回事了。

这样，就才出现了本文开头的一幕。

公公婆婆到了自己的家，眼前一亮，新的床单被褥，自己做新郎官和新娘时也没用过。桌椅条台擦得贼亮，大洋马里外忙乎得乐呵呵。婆婆要伸手帮忙，大洋马却说："妈，你腰不好，歇着吧，和大聊天去。"公公就这屋到那屋踱来踱去，大洋马轻声慢语问："大大呀，你是想抽烟吧？"公公哆嗦着嘴巴不好意思地连连摆手。天见黑的时候，大洋马在公公的茶几下放了一条"红南京"。

大洋马如抽筋骨了一般，再不睡懒觉了，清晨早早地起床打扫庭院，做好早饭，接送孩子，家务事情一肩挑。公公老寒腿，她为公公买了一大包暖宝宝，督促公公敷在腿上。

近几天，公公翻来覆去思磨着，他对老伴说："国通妈，国通他媳妇怎么变了个人？老屋拆迁款都给用完了，吾老两口现在是'大麦去皮——就剩仁（人）'了，你说她葫芦头里卖的是什么药呀？这几天，我想坏脑子也想不通啊！"

老伴也想不通，就摇摇脑袋说："管她呢，眼睛朝前瞎过。"

老两口和儿媳妇在一起高高兴兴地过了一个多月，这个农家小院又像孙子出世一样，传出了开心的笑声。老两口也不再拘谨了，成了名副其实的一家人。

冬日暖阳里，村部门口，有摊点、超市、棋牌室，人多热闹。大洋马说："大，西头村部唱小戏、拉二胡、打牌的，样样有，你们别整天闷在家里啊，也去他们那里凑凑热闹。"

"我这双老寒腿，能到哪儿去啊？"

"大，我明天送你去。"

"妈，老支书家虽然是你的远房表妹家，你也要常去走一走，老年人就喜欢相互之间拉拉呱儿，八月节我妹给我带的这两盒桂花海棠糕你带上，表亲长时间不走就会生分了……"

大庭广众之下，儿媳妇每天午后用三轮车把公公送到村部门前赶热闹，并嘱问公公："大，你身上烟抽完了没有啊，这几十块钱给你看小麻将。"

儿媳妇这一举动，惹得其他老人眼红。等大洋马走远了，本村一起长大的小老弟，对他开起了老公公和儿媳妇的玩笑话，"我说老杀头的，你的钢枪很硬嘛，看看，儿媳妇现在对你服软了吧！"公公就不高兴了，他内心深藏着一层对儿媳妇的感激之情，另一方面对这个小老弟言语中对自己和儿媳妇的不尊重产生

154

了愤慨。两种感情搓在一起，老人竟然撇开嘴唇哭骂开来："我儿媳妇如同我的亲闺女，哪个狗日的下次再……"

冬至过后，阳光明媚如春，村部彩旗飘扬，音乐流淌。村民们喜气洋洋，精神振奋，个个郑重其事地将为自己心目中的好村委主任投上一票。

村民们手里的选票都纷纷投进了红色的投票箱，唱票马上就要开始了。突然，人群一阵骚乱，一辆白色的奔驰轿车在会场外围停了下来，车上下来三个人，走在中间的是一个下颚长颗黑痣的漂亮女人，漂亮女人的后面是西装革履的原村支委委员李国通。来人和老支书略做寒暄，就坐在一边看民选。老支书用中气十足的声音叫道："现在我宣布，第九届桃源乡李庄村民委员会主任竞选投票结束，现在进行唱票程序。"

坐在台下的大洋马，心里像装着一只上下跳动的小松鼠，她抚摩着胸口，鼻尖上沁出细细的汗珠。

李三前一票，毛思梦一票，李国通一票，马梦兆一票……

李国通二百七十八票，李三前一票，毛思梦一票，马梦兆还是一票……

老支书坐在台上，用满怀深意的眼睛望着坐在台下的大洋马，心里暗暗赞叹道，这个女人我小看她了，他妈的，她能干得出，还能收回来，可真是一匹人生竞技场上的洋马啊！她让公公婆婆为自己的丈夫满村拉票，这大河涌动，不听水声的法子，大洋马可真是用绝了！

唱票进行到了尾声，唱票员用高亢洪亮的声音报出最后一票："李国通两千一百九十八票，李国通得票率百分之九十八！"

场下一片掌声。

老支书站了起来，手向下按了按，场下的嘈音就被按停了下

155

来。老支书说："今天是我们村村民委员会主任李国通双喜临门的好日子，我代表全村两千多群众，首先祝贺国通同志当选新一届村委主任，希望他在今后的工作里，不忘我们李庄村全体人民的初心，带领广大群众在共同富裕的道路上阔步前进……这是一喜。

"下面我再给大家报第二喜，我们李国通主任，现在被电子商务有限公司聘任为线下农副产品的线上供应总代理了，以后我们地里长出来的东西，地上跑来跑去的东西，锅灶上蒸熘、烹炸出来的东西，都能通过这个网络平台，卖到白种、黑种，还有花不哩杂的棕种人家里了！你们回去尽管使本事吧，只要你手里有群活猴子，国通就能给你弄来让你头脑发昏的大票子！今天电子商务有限公司正式与李庄村合作。"

台下掌声雷鸣，会场外鞭炮齐鸣。大洋马饱含着泪水，一对好看的大眼睛含怨带怒地望着这个狠心的李国通。李国通走下主席台，亲热地拥着大洋马的肩膀，面若春风地小声说："你可真是我的千里马。回家弄俩菜，我要回去和大、妈好好喝两盅。"

你画的熏烧肉有猪毛

一

王老师刚到小镇的街上，见三皮卤菜摊点齐刷刷地摆了半条街。那香喷喷的熏烧肉、麻辣烤鹅、盐水鸭子、麻油凉拌，散发着诱人的香味，让人的味觉神经立马活跃，嘴馋得垂涎欲滴。特别是卤菜摊点的招牌"三皮卤菜"让她费解，怎么叫这个名字呢？正在诧异，一个身着洁白厨师衣帽、留着小胡子的年轻人走了过来。

"王老师您好！"

"哎呀，是你小子！"王老师上下打量一身洁白厨师衣帽的唐波，又环顾一下压满了半条街冒着诱人香味的卤菜摊点，"这都是你的摊点？"

"嘿嘿，是的……"

王老师俊俏的脸上，露出欣慰的笑容。心里想，十年河东转河西，这句话还真不假。

望着那个"三皮卤菜"醒目的招牌，王老师的记忆就回到了十年前。

也是这样秋日的下午，太阳温情的光辉把南城中学的绿树红墙映衬得更加绚丽多姿。初二年级的学生都跟着班主任进入新的班级，只有唐波如一只被同伴遗忘的孤鸟，歪着脑袋左顾右盼，用一对顽皮中带着聪明的眼神扫视着同学和老师们的背影。

"请你来教导处一趟。"手机另一头传出年级主任的声音。

"王老师，给你一个好学生，如何？"王老师顿时一头雾水，觉得领导提出的问题很荒唐，因为谁想把好学生推到其他班级呢？她认真地考虑了一下问：

"哦，你说哪个好学生？"

"哈哈！还能有哪个呀？就是初一年级赫赫有名的唐波呗！"主任笑着说道。

"哦，我说谁呢？绕了这么个弯子！"王老师有点责怪的口气。

"不好意思！"主任掐了烟，把烟头摁在烟缸里继续说，"你知道唐波初一时在张老师班级里，张老师一见他头就疼。这学期初二年级班主任大多是新手，没人接受他，九年制义务教育是不准许随便开除学生的，我觉得你是老班主任，工作认真，也细心，要不你把唐波收留吧？"

"我们班成了收容所了。"王老师嘀咕一句。

"咳，看你说的，这是学校觉得你王老师有能力，才这样考虑的。"主任用期待的眼神看着王老师说。

"算了吧，别给我戴这个挨累不讨好的高帽子。"王老师傲慢地顶了主任一句。

王老师虽然嘴上这么说，而脑子里立刻响起了交响曲，不接受？领导发了话。接受了，等于给自己以后添麻烦。唉，事情有好的一面也有坏的一面。唐波还是个孩子，可塑性强，只是需要多劳神吧！教好学生的确得心应手，所谓的学困生也确实是头疼的事情。想到这儿，王老师严肃地说："好吧。我试试！"

"好，谢谢！"主任的脸上顿时露出了笑容。

王老师折回操场，向唐波招招手喊道："唐波你过来。"

唐波无精打采地来到王老师面前，"你愿意到我们初二（3）班吗？"唐波眨巴着顽皮的大眼睛，凑了凑上翘的鼻子，脸上带着淘气的神色，躲过王老师那热辣又温和的眼光，点了点黑小碗似的脑袋。

"那好吧，我相信你！快去吧。"听了这话，唐波乖巧地说一句："谢谢王老师。"赶紧把桌凳搬进王老师的班级。

二

第二天的初二年级办公室，由数学张磊老师发起，其他老师们参与，都在谈论唐波的陈年旧事。张磊身材瘦小，走路总是低着头，好像地上有人民币一般，圆乎乎的娃娃脸，鼻梁上一副近视镜，在学生面前，总喜欢推推他的眼镜，似乎说，你别看我个子不高，但我是你的师长。

他教数学，王老师教英语，相互搭班，可以说是多年的老同志了。张老师到教室，一看到唐波，好像见到了魔鬼一般，他的某根神经就紧张起来，恨不能立刻把唐波甩出墙头外。所以王老师刚迈进办公室，他就忍不住地吼道："唐波又不是分在你班，难道你不知道他是个水米不进，一考一大鸡蛋的学困生吗？不但如此，还调皮捣蛋，弄不好，就是'一泡鸡屎坏缸酱'！难不成整个南城中学只有你是教书育人的行家里手？跟你搭班算是倒霉，也不怕自找麻烦……"张老师好像受了天大的委屈，还想再说话，可能太气了，嘴巴张合着就是不知道再说什么。

"我说张老师，你不能这样讲话啊。我也是端人碗服人管，领导指派，我可没有本事拒绝，要不张老师你去教导处说说，把唐波退回去？"

张老师被王老师这么一回击无话可讲，气得脸都变了色，愤恨地一甩门，再朝王老师吼道："等着吧，好戏在后头了。"

此刻，办公室里气氛沉闷，只有美术老师桌子上的自由女神石膏像，依然性感美丽地微笑着。当然有的老师在心里感慨道："假如领导把唐波给我的班上，我还真没有这胆量接受呢！这么多年相处，王老师的确是个为人诚实、工作认真的好老师。"

说起张老师反对唐波进班也有道理。其一，张老师教王老师班级的数学课，那唐波数学一考就大鸡蛋，全班平均分下降，张老师的教学奖就有问题了，人不为己天诛地灭嘛！其二，因为初一时这个唐波可没少给张老师添麻烦，迟到、早退、半夜翻墙外出打游戏机，把张老师的头都搞大了，眼睛都气歪了，唐波给张老师留下的阴影还没有消失。好不容易熬过了初一，到初二年级重新分班，能逃脱唐波的折磨，这个王老师却接收了，他还要重新面对他。

课外活动了，王老师召开了第一次班委会议，制定了一些班级管理制度、班干的分工，当然也提到唐波，班长季飞第一个反对说："王老师，多一事不如少一事，您不应该接收唐波这个捣蛋鬼。"学习委员单姐不乐意地鼓着嘴一旁坐着。王老师耐心地对季飞说："季飞你是男生干部，要积极主动地与唐波交往，帮助他的方法是对他别好奇也别歧视打击，大家要齐心合力地团结关爱他。"又对单姐说："女生干部可以帮助他提高文化成绩，这样分头帮他，他不会不改的吧？"单姐还是有点情绪说："王老师你何苦呢？他又不是分到我们班级的，唉！"

"你们班干都消极躲避他，其他同学呢？你们的躲避会让他更加自暴自弃。你们的关心和帮助，是一股温暖的集体凝聚力，这股力量能逐步化有害为益。"王老师这话让季飞和单姐也不好说什么了，只有支持班主任的工作了。

三

王老师耳边不时响起老搭档张老师的批评，心想，自己充能，有本事就吃了这把弯镰刀吧！周末，王老师一大早就起床，收拾好家务，安顿好自家的事，骑上各个零部件都响唯独铃铛不响的旧自行车。王老师刚到门口，土坯垒砌的墙头院里蹿出一条黑狗，带着满腔的敌意，露出尖尖雪白的牙齿狂吠不止。王老师生来就怕狗，被吓得爬到了草堆上，黑狗还是汪汪地狂吠着。

一位驼背的老妇人"哎呀"打开门，顺手拿起扫帚朝黑狗砸去，"你要死咧！"黑狗才哼唧两声跑走。王老师从草堆上下来，自我介绍说："老人家，我是唐波的老师。"

"哎哟！你看看这苦狗把老师吓的！走，进屋坐吧。"

王老师进了院子。农具横七竖八地躺在墙角，三间红砖灰瓦的堂屋，里面东西很凌乱。衣服堆积在破旧的沙发上，碗心起了锅巴的一只碗，很不合适地摆放在缝纫机台上。唐波奶奶叹口气说："唉，老师啊，我也不容易，他大他妈都出去打工了，把这'小魔骨头'丢给我们，我和他爹爹的话，人家不听，星期日从不归家，在外面野，现在也不知他野哪儿去了。野累了，来家要几块钱走路，从来也没有看见他写过字……"王老师一边听，一边记录着。

161

周一下午，王老师叫来唐波，第一次和他谈话。

"唐波啊！你来到这个新班级感觉如何啊？"

"还可以。"

"呵呵，那就是说你还不满意喽？"

"不，不是……"

"唐波呀，我问你，你双休日不在家，都跑哪儿去了？"唐波低着脑袋一直不敢抬头。

"唐波，把头抬起来，要有男子汉的气概！不要总是耷拉着脑袋，有错就改，请对老师说实话，周末不回家，都干什么去了？"

"我……我都在网吧里。"他抬起头，白眼球布满了红虫般的血丝。

"网吧好呀，自由自在，只要你愿意待，没人赶你走，是吧？你和我走一趟。"

唐波忐忑不安地跟在老师后面，心里嘀咕王老师葫芦里卖什么药呢。

王老师指着大路两旁的风景树问："这些树好看吗？"

唐波点点头。

"你好好观察，想象路边的风景树为何好看？沟壑旁边横七竖八疯长的树为何不叫风景树？"

唐波一双无知的眼睛看着王老师。

王老师指指树干上修剪的刀痕说："成为好的风景树前是需要痛苦煎熬的，你的成长和树一样……"

唐波陡然心里像是比以前明朗了许多。

王老师再去唐波家，小黑狗摇着尾巴欢迎。"多亏你啊老师，我向他父母好交代啦。"唐波奶奶乐呵呵地说。

四

　　唐波近来的表现，让王老师在老搭档张磊老师面前有点说成嘴的感觉。一天晚饭后，她女神一般地在批阅作业，季飞气喘吁吁地跑过来："王老师，不好啦，唐波和后勤熊主任打起来啦。"

　　这还得了，王老师放下手中的笔，三步两脚地跑到食堂，一看熊主任手捂着鼻子和嘴，血从手指缝里流出来。

　　"唐波立马到办公室去！"王老师很生气地命令，"站好，抬起头看着我，说说怎么回事！"王老师俊俏的脸变得很威严，目光如医生的手术刀，亮铮铮的刀光让唐波不敢睁眼，他啰啰唆唆地叙说着事情的经过。

　　原来，他心里想，下过晚自习总觉得饿，别人都买零食，自己钱不够，不如拿个馒头？于是他放下碗，拿起一个馒头大大咧咧地向外走，被后勤熊主任碰到，一把将他拽住。

　　"你拿这饼是吃的？"

　　"不是吃，你说干什么呢？"

　　"你要吃就在这食堂里吃，不准拿出去。"

　　"我现在不饿。"唐波声音有点大而且不耐烦。

　　"哟，你还瓦砾揩屁股硬实茬子？放这里，不准拿走！"

　　后勤主任虎着脸。唐波没有理睬，直往外面走。

　　"站住！"熊主任一个箭步，夺下唐波手中的馒头。

　　唐波的牛犊劲上来了，"你凭什么不让我拿？那接泔水的，每天桶里都是整块馒头往外拉，你怎么不说呢？哦，那人卖了猪，经常送烟给你抽吧……"

　　"放你妈屁，你这个小兔崽子……走，找你班主任！"

熊主任一把抓住唐波的衣襟，唐波一拳砸去，熊主任鼻口血流……

"你应该冷静地解释。熊主任是怕你浪费。"

唐波眼里虽噙着泪却理直气壮地说："他每天把馒头给收泔水的拿回去喂猪，怎么不嫌浪费？难道学生还不如猪吗？"

王老师无语了。心在说，是啊，学生难道不如猪吗？她收回目光，叹口气拍拍唐波的肩。"唐波你以后要记着：无论出现什么问题要冷静处理，在发生矛盾时必须保证自己真的占理，你才能为自己争取解决问题的辩解理由，你懂吗？"

唐波心里想，老师们都不喜欢我，特别是张老师，王老师还是照顾自己的，够哥们的，我不能不听她的，他嘟着嘴说："那我……"

"我觉得你应该向人家道歉，因为他是你的长辈，要尊老，我说的对吗……"

第二天，年级主任找王老师："唐波随便打后勤工友，学校要给他记大过处分呢！"

"我不同意，这关系到孩子的一生。况且这事情还得一分为二去看吧？"王老师辩解说。

"王老师你是护犊子吧？"

"我不认为是这样。他是后勤主任，也有过错，学生拿个馒头，有多大事情？严格管理是必要的，但是也不能一概而论，唐波还是个初二的孩子，我们学校的学生，作为后勤也有教育和关心学生的义务嘛！"

"呵呵，照你这么说，那唐波还有理了？"

"不是这样说的，唐波是未成年人，但是他的世界观、解决问题的能力在慢慢形成，我们成年人，作为教育工作者，不能机

164

械地去认为他们不懂事，把大人的主观意志强加在他们的思维意识之上，要以引导教育为主。"

"那你说这事情怎么处理？"主任反问王老师。

不管你主任以什么心态问我，我既要保护我的学生身心健康，给他做人的平台，也要给领导同事一个台阶下，她心里在说。

"那就等熊主任来上班了，让唐波当面向他赔礼道歉？唐波毕竟打了人家了嘛！"王老师用疑惑的眼神看着主任。

主任停顿了一会儿说："那好吧，就这样了，这个我和熊主任沟通一下。"

周一升旗仪式过后，唐波向熊主任赔礼道歉。因为唐波打了熊主任，王老师班级的三结合检查被扣了十分，为此本月的班级三结合检查名次变成了倒数第一。学生们都埋怨王老师收留唐波。

五

校容校貌督查在即，各班都在紧锣密鼓地打扫环境，唐波负责的窗户玻璃坏了。他鬼精地脑子一转，趁着课间操，把张老师班级后窗玻璃卸来了。正在呱嗒呱嗒地上时，张老师冷不丁地揪着他的耳朵说："妈的，就你个龟孙子会干出来！"把唐波拖到办公室，"你看看你的好学生，竟然把我们班玻璃卸下来上在你班级的窗户上了。"王老师还没来得及问情况，张老师"啪"就是一巴掌打在唐波的脸上。王老师心里很不自在。常言道："打狗还要看主人。"何况他也是你的学生，干吗如此粗暴呢？不处理唐波也不是，处理又觉得张老师总是哪里不对劲。还没等王老师

165

开口，唐波的怒吼让王老师措手不及。

"你凭什么老是打我？"唐波理直气壮地说。

"你偷我们班的玻璃。"张老师义愤填膺。

"是你教我的。王老师我对不起你，初一时，你的小黑板是张老师让我偷收在男生宿舍的床底下的。他还发狠，哪个要是说出去，绝不轻饶。所以你那天找小黑板我们都不敢说，学期结束张老师又叫我把你的小黑板悄悄还给后勤的。"

"唐波，你……你……"王老师含混不清地说。

"真的，你不信问张老师。"办公室气氛顿时凝聚成冰。王老师推推近视眼镜，想说什么，又没有开口，只是用疑惑的眼神看了看张老师。张老师尴尬得脸红到脖子。个别老师也只是捂嘴偷笑，连美术老师桌上的石膏像也自觉地抿起嘴唇……

提起这块小黑板，王老师哪能那么健忘呢？初一时这个老搭档张磊是班主任，王老师任他班上的英语老师。教育创新理念在各个学校轰轰烈烈地推行开来，泰兴洋思中学"先学后教"的教学模式在江苏南北遍地开花，各个学校都在学习洋思中学的教学模式。所谓的"先学后教"，就是教师要先指导学生预习所要教授的新知识、重点难点，培养学生的自主学习能力，课堂上是解答疑难、训练、巩固强化知识训练，体现教与学的双边活动，让学生在欢快的教学氛围中学习知识。

王老师当然是第一批去洋思中学学习取经的，也是在南城中学率先引用洋思中学的教学模式的"领头雁"。她每天都把自己的英语教学目标和学生要学的重点词汇用小黑板挂在教室里，好让学生提前预习，王老师的英语课教学生动又活泼，学生都喜欢听她的英语课，常言道："亲其师，信其道。"张老师出的小黑板，学生就是不喜欢看，为此，每次考试，张老师的数学总是倒数第一，那也没少挨领导批评。

王老师那天把写好的小黑板，亲自挂在教室的前面。可是第二天，小黑板不见了。王老师问全班同学："小黑板呢？"没人吱声。王老师也没多想，继续开始上课。这块小黑板是王老师从后勤借来的，打了借条，学期结束了要归还的，所以王老师找遍了办公室、教室都没有找到。这倒不说，关键是王老师没有办法把预习内容给学生预习了。她就用复写纸抄几张发学生相互传抄。学期结束了，王老师去后勤领学生暑假作业，发现她的小黑板被还了。还就还了呗，小事一桩，谁还去多想？唐波这么一说，她倒是恍然大悟了；怪不得其他老师一提小黑板就笑着相互调侃说："你再多用学生时间，就收你小黑板……"

六

期中考试结束了。"你看看唐波数学零分。"张老师把唐波的数学试卷甩给王老师，王老师也免不了张老师的一番责怪。张老师气得吹胡子瞪眼睛，一旁的唐波若无其事。王老师看着唐波的试卷，你说这唐波，说他笨吧，不对，物理新开科目，他考了八十五分，英语也考了六十多分，其他科目都有分数，唯独数学一个字不写，零分，难道唐波一点儿也不懂吗？难怪张老师生气！唐波要是数学考个十几分，张老师的数学也不会全年级倒数。唉！自己当初逞能接受了，就理解老搭档的抱怨吧！王老师心里说着。

她把唐波的试卷摊开问："唐波啊，你数学就没有动笔？"物理老师笑着说："唐波你物理能考这分数，我烧高香啦！"语文老师说："唐波和我还是老交情好啊……"王老师打断其他老师的

167

调侃说："你数学课都干吗了？你就没有听，是不是?"说也是奇怪，王老师一开口，唐波就哑了，更不敢望她的那双咄咄逼人的眼睛。唐波杵着不吱声。

"唐波你听见没？回答啊!"

"我……其他老师上课我听，张老师数学课我没听，他总是嫌我好动，让我蹲后墙角。"唐波嘟着嘴说。

"那你要很好地检讨你自己。你要学会自立，你父母在外打工不易，他们在外是人家休息他们吃饭，人家睡觉他们还在加班。你现在正是学习的好时光，你不利用，就整天作践自己，总不能要人管着你一辈子吧？那样你就海了!"其实王老师数落着唐波时，自己心里好像打翻了五味瓶，自己也不知道这是什么味了。是自己的话无味，还是什么？她难以判断。

王老师找出一张纸问唐波，"你喜欢吃什么?"唐波一头雾水地看着王老师。"实话实说。"王老师接着说。

"我喜欢吃熏烧肉。"

"哦。"王老师一边画一边答。唐波疑惑地看着王老师不停地画，一会儿王老师把画交给唐波，"纸上画的你将来想要吗?"

"这些都是我要的。"唐波看看说。

"那你以后就把学物理当作开汽车，学英语当作买楼房，你喜欢吃熏烧肉，那你就把学数学当作吃熏烧肉的心情去对待……"唐波愣了一会儿说："王老师你画的熏烧肉有猪毛，我，我吃不下去。""那你就自己试着处理掉猪毛吃了吧……"王老师搁下一句话，摸摸唐波的头走出办公室。

一转眼学期快要结束了，期末考试唐波的各科成绩有了很大提高，特别是数学，原来的大鸡蛋前面加了个五，班级总分遥遥领先。学期晚会，初二（3）班成了欢乐的海洋。王老师班级总

168

分第一，张老师的数学名列年级第三，总算进入正数了，还得了进步奖。张老师看到唐波的脸色由狗屎变成了馒头的样子了，心里也像吃了蜜一样舒坦了。

七

寒假过后，新学期开始，学生经过一个假期的休息，个个的脸都鼓鼓的，王老师在办公室里整理着自己下一节课的教案。

班长季飞又一次打破办公室的寂静。"王老师，唐波又和张老师干起来啦……"

王老师心里嘀咕："这唐波，外孙穿舅奶（外婆）鞋，老样子啊！老病又发了！"她紧攥的拳头恨不能立即打在唐波的脑袋瓜子上。她看唐波肩膀一撮，头一缩，举起的手放了下来。

唐波耷拉着脑袋，吸溜着鼻涕站在王老师的桌旁。王老师铁青着脸说："你是不是上课不找麻烦就不安心？说说你这节课又是咋回事？"唐波不语。张老师气鼓鼓地说："一大早上课朝桌子上一趴，我推推他，他就鬼响狼叫说：'关你什么事？'""你不是说过你以后不管我的学习吗？"唐波仰着头接过张老师的话茬。"你……"张老师无奈地剜一眼唐波，手指像小鸡啄米点着唐波。

"唐波，你搞清楚啦，你学习不是老师要你学，而是你自己要学习的！"王老师一旁插话，"你三番五次地破坏课堂纪律，你要是老师，你会如何？"

"王老师我没有错，我不承认。"唐波又一次发神经说，"噢，放寒假，他动员我们到他家里补数学，每个人每天十元钱，共十天。还表扬季飞带头，奖励季飞，不收他的补课费。还说不去补课就是不尊重他，以后数学有难题别问他，课堂上他也不讲重点

169

知识了，你说他的课还有什么听头……"

此时，王老师被问得无语，只是眨巴着一对大眼睛看看张老师，又看看唐波。张老师的脸一阵红一阵白，情不自禁地爆出粗口："你个小东西，我补课又不犯党纪国法，妈的，我做老师又不是神仙，老婆孩子不吃不喝不住啊……"

张老师恨不得把全身的劲使出来，把唐波活活地劈了。心里骂，这个孬种，我前世和你是冤家！一溜烟出了办公室。

办公室里只有老师翻阅课本的声音，石膏像也灰暗起来，生怕弄出响声。

王老师那薄唇再也蹦不出贴切的语句来了。王老师心里如翻江倒海，两耳朵在对话，一时是唐波的，一时是张老师的，还有假期前，校长在全体教职工会议上宣读的禁止条例……其中就有不准在编在职老师进行有偿家教，利用双休日跑南京补课的……可是张老师周五下午的课和周一的第一节数学课都调换给了自己……

后来听其他老师议论，张老师到教育机构去，是因为和校长吵了两回架……

八

一晃初中毕业了，季飞和单妲双双考入县重点中学，而唐波只能收拾铺盖卷回家。看着别人都有书念，唐波也后悔自己是个浑蛋，大把的学习好时光都被自己荒废了。

拿毕业证书那天，王老师拍拍唐波的肩膀问："你小子怎么办，去读职业中学吧？"

"嘿嘿，老师，我不是读书的料，我就去学做熏烧肉。哪行都能苦到饭吃……"

别说这小子还真行，三年里他从给师傅打理猪头下水开始，寒冬腊月手被冻得裂开一道道血口子，从不叫苦，也没放弃。出师后，自己利用师傅给他的小伙钱，从杀猪屠夫手里倒腾点猪头下水，由小变大，逐步形成了今日的局面……

卤菜摊前客人很多，服务员忙得不亦乐乎。王老师忽然奇怪地问唐波："你这摊点叫什么不好，怎么起个'三皮卤菜'啊？"

"王老师你忘记啦？"

王老师拍拍自己的脑袋："哦，我想起来了。"

王老师怎么能忘记呢！那是期中考试前夕，学生都在紧张的复习迎考中。晚自习张老师给学生发了数学讲义，唐波似曾相识不会做，他就像霜打的茄子——蔫啦。唐波虽然在听，但听不懂，无可奈何，他便"咔嚓"撕一张美术本子纸，折叠了一架纸飞机，鼓起嘴巴"呼呼"吹一口气，放飞周游世界，殃及四邻。张老师只是视而不见听而不闻。讲义讲到后面动笔习题，"季飞和单姐你们到黑板上演算。"苦思冥想一会儿，季飞耷拉着脑袋，单姐搓着衣襟嘟着嘴说："张老师，我……不会……"张老师很是失望。

"哈哈哈，乖乖，这下可鸡飞蛋打喽！"唐波大声嘲笑般地鬼叫起来，笑得前仰后合，手舞足蹈！引起班级一片哗然，打乱了张老师的正常教学思路。

张老师气急败坏，啪的一下把书拍到讲桌上，顿时全班同学吓一大跳，笑声戛然而止，个个屏住呼吸，再没人敢出一点儿声音，教室里顿时静得连针落地都能听见！张老师没有说话，只是用"四只眼睛"严厉地瞪着全班，那眼神像射出的火花一般！有的学生把头埋在桌子下面，唐波得意地嬉皮笑脸，伸舌挤眼朝着同桌做鬼脸。

张老师一个箭步冲到唐波面前，一把揪住他的耳朵，"哎哟喂！"唐波龇着牙歪着头身体顺着张老师的手势站起来，被张老师拖到教室的后面。他用手摸着耳朵，朝着张老师的背后抬起一只脚做出要踹张老师的姿势，其他学生都是手捂着嘴偷着乐……张老师脸朝黑板写字，他就向其他学生扔小纸团或者粉笔头，教室里不时传来"哎呀，干吗"的尖叫声。

张老师只有把黑板敲得咚咚响。唐波悄悄地瞥一眼张老师，看他皱着眉头急促地呼吸着，教室里被他搅得乌烟瘴气，他得意地坏笑着。看着张老师黑着脸气咻咻地站在台前，活像黑猫警长，他连忙收回眼光，心里偷着乐呵……

第二天，张老师把唐波叫到了办公室，老师们开始调侃说："唐波就喜欢来办公室，还不如给你配个办公桌咧！"

唐波只是瞅一眼老师们，心里嘀咕：碍你们屁事！"啪啪"，张老师打着唐波说："我叫你鸡飞蛋打！"又踹他一脚，把唐波踹坐在地上。这时唐波赌着气站了起来，张老师也赌气把他往下摁。

"我又不是劳改犯，我凭什么坐地上？"

张老师又气又恼，上去一耳刮子，顿时唐波腮帮子五个手指印。唐波气急败坏地说："你凭什么打我？老子不念了！"说着就往外跑。王老师看情况不对，立马追出去，幸亏门卫拦住唐波。王老师把唐波带进办公室，倒点水给唐波。

"你冷静没，你这次没有错误？"王老师用严厉的目光看着唐波。

"我，我有。"唐波小声嘀咕。

"哦，你有哪些？"

"我，我……"唐波沉默着。

"唐波，你作为学生遵守课堂纪律是天经地义，而你与《中学生手则》要求背道而驰，你到学校是接受老师的教育，学习是你的义务，你懂吗？"

"可是，张老师也不该这样打我，我……"唐波一边哭着一边委屈着说。

"张老师打你，是恨铁不成钢而已。全班这么多学生都在上课，你呢？作为学生先要尊重老师的劳动！"唐波低头不语，沉闷一会儿，嚅嗫着说："我……我不对……"

"你扰乱课堂，浪费同学们的学习时间，你图财害命了你！你说说，你鬼响鸡飞蛋打什么意思？"王老师动容地问。

唐波"扑哧"一笑说："班长叫季飞，我就想到鸡飞，单姐的'单'也读单位的'单'字，'姐'我就想到'打'字，张老师天天打击我，而夸他们两人聪明，动不动就让季飞收什么讲义费，说季飞是班长，他就可以不交讲义费。他们昨晚没有做出数学题目，我就，就觉得好玩，就忍不住说鸡飞蛋打了。"

"哈哈……"其他老师都大笑。唐波扛着脑袋，手搓着裤子。

王老师也"扑哧"一笑，用手指点了唐波的脑袋瓜子说："你聪明呀，你要是把这些鬼头聪明放在学习上，多好啊！你偏偏不是。你还有一个错，你不该拿同学的名字乱起绰号。来，你看你这本子的名字，是你自己写的吧？你把'波'字写分家成三和皮，那人家叫你'唐三皮'，你愿意吗？"

"哈哈……"办公室里又是一片笑声。

"不，不愿意。"

"这就叫'己所不欲，勿施于人'——自己不喜欢的事情，不要强加给别人。思品课上老师讲没？"唐波点点头……

173

此时，唐波激动得热泪盈眶，说："我一辈子都记着老师的话。说实在的，我当时最怕您的这双架着近视镜的大眼睛，闪闪发光，因为撒谎的学生最怕您的这双洞察秋毫的目光。我敬畏老师您的尊口。从您尊口迸出的总是热情、生动、流利的暖心话语。这些话语像做人的种子，在我的心田里生根发芽，像一把笤帚把我心田上的灰尘无情地扫去，像春风吹暖我冰冷的心。我记着老师的教诲，'己所不欲，勿施于人'，做放心菜，赚良心钱……"

王老师摆摆手笑着说："唐波啊，谢谢你还记着老师。作为老师我只想教育学生，好好用你手里的书，去磨炼你的一双手，读书不是为了权力、金钱与地位，而是为了你的一双手。巧手，可以去研究科学，手拙些了，足以用来谋生。只要你用自己的一双手去从事正当职业，无论你干了哪一行，都不卑微……"

车缓缓地开出，王老师回望着那半条街的"三皮卤菜"摊点，内心五味杂陈！因为她不久前得到一个可靠消息，由她牵线的当年的"金童玉女"，一个成了社会的败类，一个在掩面哭泣，独守空房。

伤 不 起

　　夜静静的，慧躺在四周挂着半透明蓝色窗帘的屋子里，她腐臭的身体弄脏了屋里的一切，自己的灵魂忧伤地注视着自己腐臭的尸体，默默地飘游到所有她认识的人的思想里，告诉他们说："我死了……"

　　一道电光，"咔嚓"一声巨响，狂风暴雨，她被惊醒。一头冷汗，原来是自己做的噩梦。爬起来去了一趟卫生间，躺下来她再也难以入眠，睁着眼睛盯着天花板，流露出一个四十岁女人的焦虑与空虚。

　　慧心里开始难过、想哭，却没有一滴眼泪，眼眶干涩，像一个极其燥热的夏日午后，天阴沉沉的，灰暗暗的云低低地压着，要下雨了，却又下不来。慧浑身冰凉，直挺挺地裸躺着，她挺拔的双乳随着她的呼吸起伏着，像撒娇的小白兔要人爱抚，才能安稳。她开始作践自己，哭了起来。眼泪终于出来了，她从心灵到肉体终于发泄出来，她的眼泪是从两边的眼角直坠到发鬓上的，泉涌一般。枕头很快湿了，屋子里很静，静得让人害怕。她抱着湿答答的枕头侧蜷着身子，低声抽泣着，痛苦的往事如电影般地在脑子回放。

　　五年前的春末初夏的一个早上，喧闹的城市，把她叫醒，窗外的阳光照在窗帘上格外清丽，慧伸了个懒腰，迅速地起床，去卫生间麻利地洗漱完毕，拽着个包就出了门。

慧踱着坚定的步子，在阳光底下显得很自信，脸上的从容流露出一副企业白领的干练。她坐上8路公交车就到泗沭县玻璃钢有限公司，她下了车，不紧不慢地走进那扇玻璃大门。

迎面走来两个女人，投来了羡慕嫉妒恨的目光，两女人窃窃地说："老板很挑！从去年十月就开始招了，老板看了多少人呀！就是不满意，最后终于把这个女人给招来了，老板果然有眼光，这女人很'不简单'啊！"慧装傻，飘然而过，心里道："你这俩俗女人狗嘴吐不出象牙，老娘把你一称就知道你们几斤几两。"她冷静地反应着，清晰地勾画日后人际关系的线条。她本着对这些人保持不卑不亢的态度应对。做好自己，绝不轻易在职场上因嫉妒生事。

慧工作很努力，起早贪黑，认真刻苦。她需要这份薪水，薪水是她物质的全部，她有一对双胞胎儿子要养，自己也要吃饭穿衣。在这座小县城，房价就像孩子嘴里吹的气球，越吹越大，涨得让人害怕，让人又无可奈何地不去想它，因为在这小县城拥有一套商品房，不仅是居住，更是身份的提升。慧买了一套商品房子，就像《蜗居》里的海萍一样，天天省吃俭用，扒着手指头算着每月工资要交水电、人情往来、吃喝拉撒、还贷款等开支。每当这时候，她还是常常痴痴地立在自己房子的下面，享受着"有房"一族的满足。

晚上下班，她不是早早地回去，而是检查一下当天的工作有没有失误和遗漏，她怕哪方面遗漏了，影响公司和她个人的成绩。只要有一点儿空隙，她就加班。她用对公司热忱的努力和衷心，赢得了她的上司贾部爱的信赖。她工作时双眉紧锁，微低着头，低领里露出性感的春景，更让贾部爱的心里涌动暗流。贾部爱变得越来越关心她。每当她加班时，贾部爱都送上温情的夜宵，还会轻轻地用臂膀疼爱般揽过慧，关切地说："累了吧？累了早点回去休息！"有时夜深了，他会把车子停在公司门口等着她，把她送回去，他亲切地让她坐在身边的副驾驶座上，他开着车，会握着慧柔软细嫩的手，慧立马全身电流，心簌簌麻麻地徜徉在贾部爱的深情蜜意里，临别时，贾部爱搂搂她的小腰，亲亲她的小嘴，抚摩她的敏感处……

一个冬日的夜，天气很冷，慧还在加班，贾部爱送来了慧喜爱吃的夜宵，然后送慧回去，路过悦湖宾馆，贾部爱停下车，热情流光地望着慧，伸出手，拉着慧到了 520 总统客房。柔和的灯光、粉色帷幔的纱帘，飘飘冉冉地透着浪漫的色调，贾部爱悉心体贴的手语，激发着慧的每一根神经，贾部爱喘着粗气，一把把慧抱在怀里，慧把微闭着眼睛的脸颊紧紧偎贴在贾部爱的脸上，贾部爱体内有一种强烈的欲望不断膨胀，那欲望十分明晰又十分模糊，他似乎要把慧的身躯纳入自己的胸膛，他知道他怎么做，慧也知道自己怎么做，除了一阵强过一阵的臂力搂抱，随之就是温热的唇和体的美好交融……慧任贾部爱翻云覆雨，她成了世界上最"性福"的女人！

他们的爱在冬季里爆发，在春里浪漫，在夏里激烈，慧粉嘟嘟的脸似春雨滋润的三月桃花般的鲜艳，一抹阳光挂在眉梢。她狂热地、生生死死地爱着这个风流倜傥的男人，深到骨子里，流进血浆里。当爱情来时，女人的思维就像猪一般呆木、迟钝，情感却是像火一样热，这可能是女人人生悲剧的咏叹调。

贾部爱很老到、深不可测，自己根本无法了解到他的灵魂深处，慧每次和他约会厮守，他的脸色都是不急不躁，不阴不阳，激动时只有他的身体在表达，嘴和手熨斗似的在慧的胴体上熨烫，让慧达到忘我如仙的境地，而贾部爱还是一成不变的脸色。他有女人不及的细心、官场上男人不及的玩弄权术，但慧心里却痴呆地不承认，因为她深爱着他，达到离不开他的程度。

其实，慧在深爱贾部爱不能自拔时，这个世道早变了，手机微信铺天盖地地飞："男人四十一枝花，女人四十豆腐渣。"像贾部爱这样有事业又风流倜傥的人紧俏得很，优秀人是大众的情人。大龄剩女、离婚女人是一大堆，整天唱着："好男人都死哪去啦死哪去啦，好女人们排着长队等着出嫁……"他正是这些女人心中的高富帅！

无情的秋风吹走了桃花，吹走了葱茏，一片片黄叶离开了它热恋的树干，孤零零地散落在泥土上，随着秋雨漂流到了沟壑、到了人们忘却的地方。慧依然工作出色，把公司当作家，把贾部爱当作丈夫。对这些，贾部爱已经不屑一顾了。慧看不到他热烈的眼神，更得不到他的眷恋。有时因为工作，她要到他的办公室里，他爱理不理的，要么就不咸不淡说上几句枯燥无味的上下级关系的话，心爱的人为什么三百六十度转弯？她的眼角上爬上了浅浅的鱼尾纹，她总是左顾右盼地无奈叹息！

慧再也等不到贾部爱的车，只好自己一人回家。从公司出来，又走到悦湖宾馆，一辆熟悉的车突然停下，她本能地停住疑惑的脚步，映入慧眼帘的是她熟悉的男人贾部爱从车里出来，手牵着一个高挑、丰胸翘臀、瀑布般头发的女人，就像当初牵她手一样双双走进宾馆。慧仰望着那扇推开就能看湖的窗子，自己最喜爱的粉色窗帘，柔和的灯光散在她疼痛的心口！慧被眼前的一幕惊呆，差点尖叫出声，她一手捂着嘴，一手捂着胸口，憋住呼吸。此时，她回过神，摸摸自己的脸颊，还有自己的双乳，好像还留有他的手温……慧如梦初醒，领悟到贾部爱冷落自己的原因。原来，她和贾部爱搭档的"变形金刚"中的女主角自己被替换了！

她深感侮辱，爱与恨的醋火在心中燃烧，她想打电话给他，不，她想冲上去。理智阻止了她：现在是什么年月了？你是人家什么人？人家没有理由对你负责任！曾有人在网上评述过：男人偷情，目的为性，女人偷情是性情的交融；偷情对于男人来说，偷就是偷，偷了以后就不那么珍惜了，而女人往往是错位，她们希望拥有偷的东西；男人得手后，会觉得累，因为得手后的爱情会变冷，而这对女人却是爱情的刚刚开始。

说起偷情，慧自己也觉得委屈，在她的心里不是偷，对慧确实不是偷，因为她是单身，她有爱和被爱的权利。只是她和贾部爱在演绎一场"变形金刚"的爱情故事，她爱的人不是真正的爱她。只是她自己陷得很深，人家只是把她当作生活中的过客而已。

此时，她刚疗好的伤口又一次被撕开，心在滴血，人如雕塑般地矗着，夜风吹乱了她的头发，也吹乱了她的心，除了伤痛，别的一无所有。

最让慧心寒的是，贾部爱有意识地伤害她，中层管理会议不让她参加，还把她从公司的主要位置上替换了，让她成为后来者的下属。一天下午，快下班了，这个女人抬着高昂的头来到慧的面前，把一沓报表甩给了慧，要慧立马完成，慧一看，像这种表，以前都是自己亲手做的，今非昔比，她再不想为所谓的爱情加班熬夜，所以，她面无表情地收拾包准备下班。"你还没有完成任务，怎么下班？"女人没好声气地嚷嚷，慧斜眺了她一眼，指指墙上的挂钟。"我不管，这是你的任务，明天客户要，你无条件接受！"她强硬地说。"我不在其位不谋其政！"慧不急不慢地边说边走出办公室。对面总裁室，贾部爱悠闲地端着茶杯，抿着茶水，隔着玻璃窗像看动物园里的两头母狮子决斗一样坦然而开心。

第二天，慧接到了人事部门的辞退通知。慧收住要夺眶的泪，大声地说："此处不留奶，总有留奶处。"嘴是那么强硬，可是，她出了那扇玻璃大门，泪如雨下滴湿了胸前的衣裳。那晚回家的路如此遥远，星星都疲倦地安睡了。看着一双儿子，慧打起精神，在网上投个人简历，准备再找工作，她也跑遍了小县城的企业部门，这时候哪有空位子等着她！今天的求职奔波，她累了，昨晚把孩子送回娘家，到家把自己撂倒床上，迷迷糊糊地做起了梦。

泪流干了，这样被人玩弄的生活，她越想越恨，又把这份耻辱的根最终归到另一男人身上。

这个男人就是她的丈夫邱凡。慧和邱凡算是青梅竹马，他们都是老师喜欢的优秀学生。金榜题名时，他们带着梦想实现的喜悦心情来到了养育他们的运河边，清悠悠的河水洗浴柳树婆娑的长影，明月倒映水面，播洒着柔和的银辉，两人的情愫随着浓浓的月色袅袅升腾！

邱凡搂着慧，心贴着心地低吟着："这里空气清香，我在这里造一栋大房子与你双栖双飞。"慧绯红了面颊，羞答答地噘着樱桃小口，把初恋的爱洒向碧水蓝天、野花芳草，温情怡人！

几年后，河岸变成美丽的公园，一座座大桥如彩虹贯穿南北，一栋栋高楼矗立云端。邱凡进入事业单位，慧也顺利地被一家企业财务科聘用。邱凡拥着身披洁白婚纱的慧走进了他们美满的殿堂。

邱凡工作出色，由普通办事员提拔为后勤主任，人生中的三大喜事，他算占全了。

慧和他结婚后，一箭双雕，为他生了双胞胎儿子，他在单位虽然不是大权在握，日子倒是率先奔小康。

时代造就人啊！邱凡与时俱进了，他白天进酒场，晚上就钻进了舞场。有人都戏说他是"白天小酒满嘴，晚上裙子裹腿"。

邱凡的舞伴是小琴，婀娜多姿没到而立之年。她男人常年外出打工，把这年轻漂亮的她留在家里，她时常呆滞地朝着远方眺望。

偶有一天，她在舞场上认识邱凡，被邱凡魁梧的身材和熟练的舞步所吸引。舞池里男男女女双双对对，翩翩起舞，优美的音乐行如流水，百鸟争鸣，使人如身临仙境一般。特别是那慢四步，微光昏暗，男女相拥舞步轻移。小琴成为邱凡的固定舞伴。

那几年单位大搞"六有工程"建设，邱凡如鱼得水，单位买材料都是他主管，他手眼活，一出去购物回来，就会为小琴带上礼物，经常往小琴家里跑。

邱凡和小琴由舞伴进化成了相好，至于经过，没人说得清楚，都是成年男女，周瑜打黄盖，一个愿打一个愿挨，没必要叙述这些大家心知肚明的事情。

慧那时候太忙了，自己上班，加上一对孩子，整夜睡不足觉，一时这个要尿尿，一时那个要喝奶，整天全身心地投在孩子身上，忽略了对丈夫邱凡的关爱体贴，而小琴正值妙龄，干柴遇烈火。邱凡动不动就以工作忙为由，老是夜不归宿，慧也就听之任之，也许她认为丈夫是管后勤的，自然要忙里忙外的，也没多心过问。

初夏的一天夜里，慧正在觉头，一阵刺耳的电话铃声，把她从睡梦中吵醒，一看是丈夫的手机号，她嘴里还咕哝着：自己在单位玩得开心，半夜是心难受了！一生气，挂了，刚断，又打来。她就接了，只听电话那头问："你是邱凡家属吗？"慧睡梦中迷迷糊糊的，心想：又是猫尿喝多了，刚要开口骂，对方说："我是县医院的，你丈夫受伤住院了，请你马上过来。"她这才醒，刚想问，电话断了。

她赶到医院，一看邱凡下半身全是血，被吓得目瞪口呆，医生叫她交费签字，她也来不及问个究竟，只有交钱签了。邱凡进了手术室，她才回过神。邱凡因流血过多，要输血，伤口缝合要打麻药。她趁这间隙，才打通了婆婆的电话，告诉邱凡住院的事，让婆婆去家里看看熟睡的两个孩子。后来慧得知邱凡是被一女人的丈夫用刀砍伤的。

五一长假快到了，小琴男人在杭州打工想回家看看。晚上下班回到宿舍里，拿出手机想给家里女人打电话，一同乡的工友一把夺过说："打什么呀，打牌？是不是想你女人了？""你不要说，你那女人年轻，小脸嫩汪汪的，你这么长时间没回去，她忍不住，说不定找别的男人了，给你戴上一顶绿帽子，你就是龟孙子啦！"惹得一屋人哄堂大笑。小琴的男人上去捣了同乡一拳骂道："嚼你舌头根子，你女人才……呢！"说着，两人火气都上了，动起手来，被室友拿开了，不欢而散地各人睡觉了。

夜里小琴的男人梦见小琴微笑的脸像三月的桃花，款款地向他走来，自己用手拽，啪，一道电火花刺溜从小琴身上发出，他手被烫得生疼，手立马抽回，又一阵刺耳的雷声，他一惊醒了，原来自己在做梦。梦醒后，他翻来覆去也睡不着，只好把枕头抱在怀里，眼望着天花板到天亮。

五一长假，他收拾一下，背着包准备回家。他到市里买了女人喜欢的裙子，孩子喜欢吃的零食和玩具。下午就乘车回来了，凌晨一点多到了家门口。

　　夜是那么静，星星眨巴着眼，像是在窥探什么。他憧憬着小琴看到他回来，那股高兴劲浮现眼前，摸摸胸口揣着的银联卡，心里乐滋滋的！他连忙掏出口袋钥匙，开了门，放下包，推开房门，开了灯。小琴吓得亲大活妈地鬼叫，邱凡还像死猪一样打呼噜，小琴男人气得两眼像两团火球，冒着怒光像两把锋利的剑，直逼邱凡，破口大骂："我×你祖宗八代的！你哪里来的野种，给老子戴绿帽子！"一个箭步冲进厨房拿起菜刀向邱凡砍去。小琴抱着头鬼喊："不要啊，不要啊……啊我亲妈啊……"邱凡从梦中惊醒，被吓得魂不附体，抓起被子蒙在头上，小琴男人朝邱凡的下面就是一刀，邱凡鬼哭狼嚎："哎哟！我亲妈啊！疼死我啦！饶命啊！我不敢啦……"小琴连忙抱着丈夫的腰往后拖，第二刀咣当砍在床沿上……

　　鲜血染红了被子，邱凡脸色青白，死灰一般，直挺挺躺在血泊中，小琴如惊呆的鸟，发抖地跪在丈夫的膝下，磕头哀求说："你饶了他吧，你杀了人也要偿命的，我们还有孩子！"男人手里的刀咣当掉地上，"啪，啪，啪啪！"男人甩起手把小琴打得鼻口蹿血，"呜，呜呜呜！你饶了我吧……"小琴浑身抖得像帕金森病人，手机掉了几次，好不容易握紧手机，拨通了120把邱凡送进了医院，把人送到后，小琴就偷偷地溜走了。医院只有拿邱凡的手机打电话给慧了。

　　慧在手术室门口等着，一直到天快亮了，手术室门打开。邱凡从肚脐开始，下身缠满纱布，大腿间纱布上有血丝映出，邱凡像死人一样，躺在床上，鼻子插氧气，一手打着吊瓶，一手输着血浆，被医生推出手术室，送到重症病房里，医生要求慧二十四小时不离重症室门口。一直到中午十一点多，邱凡的父母过来，慧才腾出时间去问昨夜接诊的医生，了解丈夫的伤情，可是医生下班走了，她便到护士站请护士把丈夫的病情记录给她看。她一看，不觉手一抖，病历掉地上了。

病历上记录：患者：邱凡。男，43 岁，已婚。5 月 1 日凌晨 2 点左右被人用刀砍断阴茎、砍伤大腿入院。体检：脉搏 86 次／min，血压 100/70 mmHg（1 mmHg = 0.133 kPa），意识模糊。左大腿共有 3 寸长伤口（已在外院缝合），阴茎距根部 2 cm 处截断，海绵体及尿道完全断离，仅在腹侧有 1 cm 皮肤与近端相连……慧无精打采地回到病房，看了一眼死人一般的邱凡，掉头，面无表情地走出医院。

第二天医生来查房，邱凡醒来，他问医生自己的伤势，医生没有直接回答，只是把伤势手术记录给他看。他眼睁得圆圆的，一动也不动。继而他发疯地大叫，双手抓扯着自己的头发。

邱凡人出院了，可是他的雄性没有出院，他的雄性永远定格在那晚的一梦惊魂中了。上淮安，走上海，下广州，没有良药，慧的愿望破灭，邱凡也不再是邱凡了，成了被盐腌过的知了猴子，永远蜷缩着首尾了。穿着衣服的邱凡在慧的眼中是能行走的男性机器人，裸露的邱凡在慧的眼里是床上的一条被开水烫死的水牛蚂蟥，要多恶心有多恶心。

市场经济社会，随时有想不到的事情发生。在经济危机的冲击下，慧所在的企业倒闭了，慧待岗在家。收拾家务累得腰酸背疼的慧正迷迷糊糊的，在梦中，总觉得自己喘不过气，一睁眼，邱凡压在她的身上，以前这种情况那是阴阳合璧，而今，邱凡只是发泄心里的欲望，慧顿觉得自己身上的邱凡是从古墓里爬出来的太监，她如喝了加醋的啤酒，莫名地反胃呕吐……

国庆节过后，天空飘着淅淅雨丝，慧苦着脸，邱凡把耷拉的脑袋埋在衣领里，每人手里拿着一个绿色小本本走出了民政局。对面的手机店里飘出"伤不起，真的伤不起……"邱凡龇牙咧嘴："我，我叫你……伤、伤不起！"砰！把自己的手机摔得粉碎。

"肉" 的风波

贾平穿着藕粉色的连衣裙，刚到办公室，铁拐李就盯着贾平看。铁拐李一看到贾平的大屁股，就把绿豆眼睁得像鹌鹑蛋，扫射着她的浑身上下，把口水咽得"咕噜咕噜"响。

铁拐李其实姓窦名铁力，铁拐李是以貌得名。

她弯腰开抽屉门，他就利用自己的有利体形歪着身子看着贾平撅起的臀部。

贾平觉得身后有窥视的目光，一起身，屁股撞到了铁拐李的脸，铁拐李顿觉就像把脸贴在一块热乎乎的馒头上。正在陶醉时，"啪"，贾平一巴掌打在了他的脸上，说："癞蛤蟆还想吃天鹅肉！"

铁拐李使劲剜一眼贾平，不服气地吐一口痰，"呸！"一瘸一拐地走开，心里暗骂：装你他妈什么好人，老子才不稀罕你……

那年的春天，普及教育现代化像春风吹进了每所农村中学。运湖中学的校长率先通过在南方某开放城市工作的同学，弄来了一批人家淘汰的旧电脑。

一开始大家都对这新生事物不懂，像十二寸电视，还能在里面打字，看碟片，都咂嘴："乖乖！能用这东西的人，必须是神仙啊！"

运湖中学还真有一位这样的神仙。这些从南方运回来的旧电脑经过他一倒腾，就能派上用场了，为此，人们都尊称他为神仙。

这些电脑就放在远离教学区的一个空教室里，教室里面全是一些旧办公桌，神仙特别喜欢这里的安静，他把桌子贴墙一字排开，中间放上电脑，人坐在里面就像坐在装饰柜子里。

人都说，在学校里，一类人是领导，参观学习到处跑；二类人搞后勤，唱歌跳舞样样行。三十多岁的贾平没有教学任务，平常注意保养，什么养颜胶囊啊，维生素E的，吃得脸色红晕，红光满面。

她经常来到这里，跟神仙学习新科技，神仙当然喜欢这个"学生"，他教得用心，时常手把手指导她打字，教她看碟片，两人肩挨着肩坐着……

五月的下午，天气不冷不热，甚是宜人。贾平身着大白裙，笑眯眯地进了屋。神仙伸了个懒腰说："哎哟！你这裙子多像浴帐啊！"

"是啊！里面还有王牌热水器！"贾平笑着答。

"哦，好啊！那我就近水楼台先得月了！"神仙说着就抱起贾平，贾平推他一下说："死样，还撒娇咧！""我就想在你跟前撒娇呢！我还想……"神仙说着就抱起贾平……突然一声"咣当"，铁拐李一脚门里一脚门外，看着神仙和贾平尴尬的样子，愣怔着。

神仙说："我，我眼里迷了沙子，贾平给我吹沙子呢。"铁拐李奸笑一下说："呵呵，这哪里来的风呢？莫非是狐狸臊风吧？"贾平羞红着脸，赶紧出门，以后，他们的关系就不言而喻了。

一学期就要结束了，下学期老后勤主任退休，这可是学校的肥缺啊。贾平找到神仙说:"下学期,后勤缺了后勤主任,你看我行吗?"神仙说:"嗨,什么年月啊!只要你有想法,说行你就行,说你不行你行也不行,就看你如何努力!"两人一阵策划,神仙支持贾平争这个位置,并给她出谋划策。

这机会对铁拐李也很重要。铁拐李想,后勤主任在学校是好差使,学生的钱粮、基建费用都是后勤负责的,不算官,也是官,领导吃喝少不了,还能卡点油……没有红小豆,哪能引来小白鸽子呢?铁拐李思量着。

下午,放学后,铁拐李怀揣两条茶花烟来到校长的宿舍。校长正推着自行车准备回去,一抬头就看见铁拐李。

"哈哈,拐李,你还没回?"

"不是,我来找你有事的,嘿嘿!"

"哦,什么事情啊?屋里坐。"

"不想做将军的士兵不是好士兵,我,我就想进步进步!嘻嘻嘻,一点儿心意……"铁拐李说着就把怀里的茶花烟放在桌子上。

"我,我是无功不受禄的。"校长拿起烟递给铁拐李,铁拐李边摆手边往外走。

"校长,你还没回家呀?"另一个老师过来,铁拐李顺势就走了。心想,只要把东西送到,事情就能成。他走起路来欢快、麻利多了,高兴得就像后勤主任已经是他了。

第二天中饭后,校长叫来了铁拐李。

"嘿嘿,校长你找我有事啊?"铁拐李心情激动地问。

"嗯,你坐。"校长倒了一杯水递给铁拐李。

"拐李啊!谢谢!你的心意我领了,这烟你还是拿回去。"校长说着把原封未动的两条烟递给铁拐李。

"校长，这是我心意！我就是想'进步'，好找个女人过日子，请你帮帮忙，别的没有什么。"铁拐李把烟往校长手里塞。

"这不好，能帮忙的我肯定会帮的，但是，这东西你必须拿回去。"铁拐李和校长就这样推过来又推过去。"你不能这样，我告诉你呀，你要是这样，我没法帮忙，一大堆眼睛看着，你要不拿，我就把烟交给组织了，你看如何？"校长严肃地说。铁拐李只好把烟往胳肢窝一夹回去了，心里琢磨着校长的行为。走着走着被三四个玩耍的学生撞了个仰八叉，爬起来坐在地上骂："小兔崽子，没看到老子啊？"学生看他站起来吃力，顺手把他扶起来……

贾平可没闲着，有事没事就找校长说说聊聊，联络感情。眼看就要放假了，她跑得就更勤快了。

真是冤家路窄，后勤主任职务可是铁拐李梦寐以求的，何况烟没有送出，这个感情还想加强巩固。铁拐李走到门口，刚想敲门，听到里面有唧唧嚓嚓的声音，就到后勤办公室里等。校长宿舍就在后勤办公室的后面，相隔十几米。他坐在靠墙角的椅子上，顺手拿张报纸浏览，可是心里有事，怎么也不安心看，就目不转睛地盯着校长宿舍门。

吱呀，门开了。"啊！怎么是她？"铁拐李一惊一乍。妈的，这女人到校长屋里来干吗的？难道她也想这个？大白天孤男寡女在屋里叽叽嘎嘎的？他心里揣摩着。

过了好一会儿，校长探出脑袋，带上门去了办公室。

快开学了，中层行政会之前，校长把三位副校长叫到自己的办公室，讨论后勤主任的人选。他干咳了两声说："今天，我们三人看看，这后勤主任怎么弄？大家是否有合适人选？"他往烟

189

灰缸里弹一下烟灰，说，"大家说说。"三个副校长你看看我，我看看你，只是露出僵硬的笑。室内寂静得各人心跳都能听见。校长吐了一口烟雾，坐直身子说："我们这是讨论，大家不要有所顾忌嘛！"

"没有多大的事呢，校长你看着办吧！"一位满头白发的副校长说。

"对！校长你看吧！""嗯，我看贾平还不错，精明强干的，再说乡里有领导为她打过招呼，乖！不让她做，向乡里没法交代呀！""既然这样，那就是她呗?"三人异口同声。"那好，这是我们大家的意见，等会儿行政会上，我们再征求一下中层领导的意见，好不好?"三人出了校长室，你看看我，我看看你，然后摇摇头笑笑。

下午，中层领导都黑压压地坐在小会议室里，长颈鹿似的伸着头等着校长。校长一边抽着烟一边走向会议室，坐定，抿口水，会议就开始了。老套路，分管领导先布置工作，再是各年级部门汇报开学学生报到情况，后勤没人汇报。校长干咳一声说："正好就这机会，我把上午校长室研究决定和大家商榷一下，后勤主任问题不能再拖了。经过我们校长室讨论研究决定，后勤主任由贾平同志来担任。看大家还有什么意见，有，就请提出来，没有，就举手表决通过。"三个副校长先举起手，别人你看我，我看你，也就都举起手来。"那好，全部通过……"等校长走出了会议室后，会议室内一片哗然。

第二天的全体教职工会议上，当校长宣布贾平担任后勤主任时，台下窃窃私语。

"他妈的，怪不得校长把烟退回来，原来贾平用自身的零部件讨好校长，妈的，老子的零部件校长又不稀罕！"铁拐李心里叽咕着骂。

他窝着一肚子气，气喘吁吁，心里想："君子报仇十年不晚，老在河边转没有不湿脚的！"

贾平走马上任。铁拐李虽然心不服，但只有俯首称臣地服从她的领导。

秋天骄阳灿烂，周一又是新一周的开始，庄严的升国旗仪式后，校长召见贾平，贾平脸粉嘟嘟地走进校长室，进屋后，校长别扭地指指椅子，一段沉默后，校长把烟头摁在烟灰缸里。

"小贾啊！这后勤工作交给你了，这关系到千把口学生吃饭的问题，千把口学生就是千家万户的事情，我对你没有多说的，只有你把后勤服务工作搞好，我们才是好同事，如果你后勤工作不到位，影响教育教学，你不好向学校交代，我也没有办法向乡里的你的老同学交代的！"校长严肃地说。

"你放心！我肯定做好后勤工作！不会给你添麻烦的。"贾平诚恳回答。

"你必须这样，我也丑话说在先，工作做不好，我也不会客气。好，你去忙吧。"校长下逐客令。贾平忐忑地出了校长的办公室，紧锁眉头思索校长话里的分量。

她虽是女流之辈，但做了后勤主任，天天起早贪黑买菜购物。她一上任就带领后勤职工，把食堂里里外外打扫得干干净净。揉馒头、上蒸笼、理菜、分饭样样事情她都赤膊上阵，亲自过问，用女人的细心把后勤管理得有条有理。学生的伙食标准也比以前提高了许多。真是应了那句"新官上任三把火"的老话了。校长很满意。

铁拐李整天把绿豆小眼睁得如牛蛋一般，成天夜里瞄着校长的宿舍，没发现破绽，他心里很纳闷。"明明那天看到贾平从校长宿舍出来，怎么这一段时间就没看见贾平出现在校长宿舍呢？他妈的，我就不相信你们还跑天上去睡了？"铁拐李在心里叨咕。

又是一年的春暖花开，晚上，一天书声琅琅、追逐戏闹的校园终于宁静了，值班的领导和班主任都休息去了，校园里静得只有国旗还在迎着夜风呼啦啦地飘着，再就是学生幼稚的梦话声，要么就是校外庄子上传出来几声狗吠。铁拐李趁着夜深人静，又躲在总务处办公室的墙角，蜷缩在椅子上不觉睡着了。

"咔嚓！"他被响声惊醒，赶紧坐起，揉揉眼，一个人影在眼前出现，地方包围城市的头在昏暗的月光下明晃晃的，正向校园屏风后的职工宿舍走去。铁拐李高兴得要跳起来，心里想："他妈的，我说怎么没逮到，原来校长跑到她宿舍去了。"事不宜迟，铁拐李收着架势，尾随其后。

那人到了贾平的宿舍门口，"吱呀"推门进去。铁拐李看着，心里想：乖乖，人家事先约好的，门就为校长留着的，怪不得我白等了好几个晚上。

他猫着腰，轻手轻脚地来到贾平的宿舍门前，用自己早准备好的锁，把贾平的宿舍门神不知鬼不觉地锁上，然后又到来时的巷口处鬼响："逮贼啊！逮贼啊！"这一声响就像原子弹爆炸发出的威力，所有在校职工都蜂拥而出，手握笤帚的、木棍的。"贼呢？贼呢？"向后勤食堂与宿舍之间巷口跑过来。

"你看到贼往哪里跑的？贼呢？"老师们七嘴八舌地问铁拐李，铁拐李绿豆眼一转说："就从这巷口往东跑的。"一行人来到宿舍后面，所有草丛都找遍也没有"贼"的影子，难道翻墙出去了？这时候，校长也披着衣服气喘吁吁地跑来，问："贼逮到没？"

随着声音，铁拐李如被人打一闷棍，怎么也不相信自己的眼和耳朵，再就是听到贾平"咣当咣当"的晃门声："这出什么鬼，这门怎么打不开？"她打开后窗户，朝屋后的人问："真有贼啊！出他奶奶鬼，我门怎么打不开，你们到我门口看看，怎么回事？"

一老师来到她门口一看是铁将军把门，就喊："贾主任，你门锁起来了，你钥匙呢？我帮你开。"

"什么啊！我要是锁着我怎么进来啊？"校长顿时心里紧缩着，感觉这有点不对劲。有人诚心捣鬼的？为什么呢？校长有了疑问。

一听说门被人锁起来，贾的丈夫噌地起来，"这日死妈的，我半夜来，以为老子是贼？"铁拐李一看那男人，秃顶，望望校长的头，地方包围中央，恨不能地上有洞，立马自己钻进去。其他人找来锤子，咣当咣当地砸开了锁，贾和她丈夫出来问："是哪个鬼倒气逮贼的？"个个都你看我我看你没人吱声，再看看铁拐李不见了。"刚才我好像看到铁拐李也在，就是他鬼声气，人呢？"贾平把衣袖往上卷卷，两手卡腰说："肯定是这狗不吃的，走，我看看他的狗眼是瞎裤裆里了？看他什么意思？"

"人呢？"她丈夫附和着。

贾平来到铁拐李的宿舍门前，一脚踹开他的门，蛾眉倒蹙，凤眼圆睁，手揪着他的耳朵，往外拖。铁拐李畏畏缩缩地弓着腰，脸歪着偏朝上，"哎哟"嗷嗷鬼叫着，像一只瘦猴子，一跳一跳地被贾平牵着来到门外。

"你说，你锁我门什么意思？你不说清楚，老娘今天打断你另一只狗腿！"声音像一盆冷水似的泼下。

"我……"铁拐李支支吾吾。"啪"，贾平男人甩起一巴掌："你日妈是不是有精神病呀？"其他人都解围说："算了……他不知好坏！"大家纷纷劝说着。"铁拐李！你向人家道歉！"校长也

193

吆喝着。

"对不起，我没有其他意思，我不认识你老公，我以为是贼了！"

一场风波算是过去。

可是，回到宿舍里，贾平的丈夫问：

"这瘸子好好的为什么锁你门呢？"

"他是不是精神病，要么就是他也想这后勤主任的官呗！"贾平回答。

"就算他争这熊后勤主任，也不至于用这种法子吧？"

"他还能用什么？"贾反问他。

"他喊抓贼，分明是在抓奸，不然锁你门干吗？"贾平被问得有点心虚，她支支吾吾解释半天，也没有说出头和脑，而后两人沉默了就各睡各的觉。

从那以后，贾平虽然表面保持镇定，但老是觉得她走后，会有哗然声，好像背后总有无数手指在点点戳戳。在后勤办公室和铁拐李见面的时候，就不如以前了，贾平更加恨铁拐李，恨不得用刀把他的绿豆眼挖出来才能解恨。铁拐李心想：他奶奶的，你神气，总有一天老子叫你不神气！

下半学期了，贾平买好了菜，放在食堂里面，还没有来得及进仓库，不知是她自己疏忽，还是自从做了后勤主任，没人干过这事，铁拐李趁其不在，推出磅秤，把肉片往上一放，看看秤，三十五公斤肉。拿出小本子写写画画。

一会儿贾平来了，伙食会计也来了。铁拐李咳了两声笑着说："贾主任这肉多少斤啊？"贾平没有理他，只是吩咐人把菜运进仓库，两个工友搬肉时，铁拐李不让搬。

"这里有你什么豇豆子？滚！"贾平恶狠狠地说。

"我他妈今天还不滚了，我看谁敢把肉搬进去？"铁拐李也不示弱。

"你想干什么？"贾平质问。

"我想干什么还用向你先汇报吗？校秤！"铁拐李说，"校秤，谁怕谁？"贾平气得脸红一阵白一阵的，恨不能喝口冷水把铁拐李咽肚里。你不让我，我不让你地吵起来。校长听到食堂里大呼小叫，就过来了。

"校长，你看看这肉多少斤？"

"三十五公斤啊。"校长不解地答。

"那就对啦！校长，每次贾主任都说是买一百斤肉，这是七十斤，差三十斤肉，这三十斤肉呢？日泥里去啦？"校长看看贾平，她脸红得像被红涂料涂过。

她被铁拐李问得支支吾吾："我，我都是看秤的。怎么，要么就是卖肉的……"

校长顿时气得头发直竖，溜冰场四周像插上枯树枝，厉声说："会计呢，把买菜的账拿来！"会计望望贾平和校长，犹豫着……"你愣着干吗？"校长不耐烦地说。

"哦，好！"会计拿出买菜的单据给校长，上面是一百斤肉，卖主签上了名字，钱都付清……

"一次少三十斤，十次，一年……"校长吼着，手一反剪，踢开面前的菜筐，气呼呼地往外走了……

几天后，神仙就在后勤忙乎了。

古井醇香

一

明朝年间，白洋关镇（今洋河镇）那一条青石路上挤满了围观的人群。一个富家老翁正带着一群家丁拳打脚踢一位貌似寒梅，身着碧绿翠烟衫、散花水绿百褶裙、细长的凤眉、一双大眼装点着一张清纯善良脸的小姑娘，她叫梅香。

那老翁就是白洋关镇上有名的叶财主，他狠毒的拳脚打得梅香遍体鳞伤，声声哀求，围观的人群个个胆战心惊地跪倒哀求叶财主手下留情。

这位身穿锦衣的叶财主一边打一边骂："看你以后还敢吃里爬外，小心我打断你的腿！你去不去要回老子的酒钱？不去要，老子今天就把你卖到妓院去。"梅香无奈，只有点头答应。狠心的叶财主才放下手来。

这是一个数九寒冬的傍晚，寒风刺骨，滴水成冰，大雪随着寒冬到来了，白洋关镇的街道宛如银子铸成。

可怜的小梅香哭吞着寒风，忍着剧痛，来到镇西边的桥头，孤零零地站在寒风中呜咽。她擦干了泪，在雪地里左顾右盼。她内心充满痛苦与矛盾：我怎么能要回酒钱？要不回钱，没法回去交差，与其回去再受折磨，被狠心的财主卖到那暗无天日的脏地方，还不如一死落个干净！想到这儿，她心一横，跑到井边，望了望百尺寒泉清凇，跪下仰天长呼："爷爷奶奶您二老保重，恕孙女不孝之罪！"磕了头，纵身跳下！

二

说也奇怪！梅香的哭声随着风传到九重天上正在为王母酿酒的仙姑九香的神耳里，九香拨开云头，望一眼凡间，立马脚踏祥云下凡，一把拉住梅香……

在朦胧的月光下，她回头一看，是一位白皙画眉，乌发额缩飞仙髻，红丝带束着齐腰青丝，身着翠绿烟纱碧霞罗，细腰玫红云带约束，透迤拖地的粉色水仙散花绿叶裙，身披金色薄烟翠绿披风，如花似玉的大姐把自己拉住。

她转身扑向大姐，好像是遇到亲人一般地哭诉："姐姐何必救我？"九香姑娘疼爱地拉起梅香："妹妹何故要轻生？"

梅香作揖道："奴婢名叫梅香，实乃苦命之人，那年隆冬季节落世，适逢梅花开放，奴婢自带梅花幽香，故起名梅香。

"奴婢幼年父母双亡，多亏爷爷奶奶含辛茹苦养大。怎奈苦命之人，屋漏又遭连阴雨，夏季里，乌云裹挟着倾盆大雨个把月，青稞庄稼淹没在白茫茫的雨水中，黄河水来家，冲垮了白洋河，墙倒屋塌，官府腐败，苛捐杂税，民不聊生，爷爷奶奶已是风烛残年，饥寒交迫，为了生计，梅香只能到叶财主家做女婢，爷爷奶奶才不挨饿受冻。

"怎奈财主是个奸猾刁钻、吝啬之徒，而且好酒。今天他家

197

宾朋满座，让奴婢为他打酒，我刚过桥头，遇见一位衣衫褴褛，一手持拐杖，一手拿着个豁嘴碗，佝偻着身躯的老大娘，冻得瑟瑟发抖，她就像我的奶奶，风中残烛，甚是心酸，奴婢不忍心老奶奶冻死在风雪中，我把财主的酒钱送给老人去买点热食充饥，买件棉衣御寒……

"我只好提着空酒坛回去，如实禀报财主，哪知财主不依不饶，强逼我要回酒钱，不要回酒钱就把梅香我卖到那个见不得人的地方，我，我倒不如一死清白……"

梅香伤心的诉说，惹得九香姑娘陪伴着落泪。

九香姑娘安慰梅香说："梅香妹妹好心肠，何必轻生跳井堂，姐姐送你一坛酒，快快拿去莫悲伤!"九香抬手拔下别在头发上的凤头碧玉簪，在井口上方轻轻一照，金光四射，顿时井水翻花，酒香扑鼻，当即灌满酒坛送给梅香，并嘱咐她："妹妹以后落难时，只要在这口井边连喊三声九香姐姐，就会有人来帮你解难!"说完，一阵香风，不知去向……

三

梅香半信半疑地提着酒回去，叶财主接过梅香打来的酒，喝了一口，吱吱地品着，顿觉一股浓香侵入肺腑，清洌甘爽，妙不可言，和平日大不相同。哎呀!白洋关镇哪儿来的这样好酒？他等客人走后，叫来梅香怎么追问，梅香都没有说出原委。财主心里诡秘：白洋关哪儿来这么上等的好酒，你小贱人嘴再紧，我也能查出来……

梅香在叶财主家里起早贪黑，吃尽了同年人没有吃过的苦头。叶财主是吝啬无比，他克扣长工的粮食，他家的剩饭剩菜情愿喂猪，也不愿意给长工吃，长工们整天吃苦力，挨饿，一个个都瘦得只有皮包骨头。

梅香深知穷人的疾苦，每次看到一个个忍饥挨饿的长工佝偻身躯，面朝黄土背朝天，心如锥痛！人难道还不如猪要紧吗？她顿生怜悯之心。她计上心来，梅香每次收拾饭桌时，把剩下的饼和菜悄悄地拿给那些吃苦力的长工。长工们都夸梅香是个善良的好姑娘。

她心里想：财主家是朱门酒肉臭，贫苦人家无隔夜粮。财主的粮食都是剥削贫苦农家得来的。自己也是穷苦人，得到了九香姐姐的帮助，自己也要帮助受苦受难之人，回报九香姐姐的搭救之恩。

从那以后，梅香每次拿到酒钱，都接济白洋镇的穷苦人家，然后悄悄提着酒坛，到井边找九香姐姐灌酒交差。镇上的老人孩子都把梅香当作救苦救难的观世音。

时间一长，叶财主感觉这酒怎么比以前如此好喝？他心有余悸，每天都到街上转悠，尝遍镇上的所有酒，都没有梅香打的那种酒的口味，他顿生疑窦，心里奇怪，很想知道梅香打的酒从何而来。

红霞羞闭，他又叫梅香去买酒，自己悄悄尾随其后。当他看到梅香把他的酒钱给了破衣烂衫的讨饭人时，心里暗骂："这个小贱人，还敢糊弄老子，今天看我非把这小贱人踹入井里淹死罢了！"

躲在石头后面的叶财主看到梅香到井边，双手合十，嘴里连喊三声"九香姐姐！"一道电光闪烁，一位花枝招展、倾城倾国的美女不知从何方而至，从古井里舀了一瓢香气扑鼻的美酒倒入梅香的酒坛里。

他看到如此美貌的女子，顿时神魂颠倒，心猿意马，异想天开："啊，白洋关镇哪里来的美人？手里还有宝物能酿酒，何不带回去老子既享用美人，又能发大财!"贪财又贪色的他，陡然从草丛里钻出来，一把从后面抱住九香，伸手夺宝簪，又把癞蛤蟆嘴噘起要亲九香。

九香仙女彩袖轻轻一拂，把这个贪婪的叶财主摔到百米之外，老财主一命呜呼……

九香带着梅香化作一缕清风飘逸而去……

从此，这口古甏，地下有泉，常年不干，水质清澈，醇香四溢十里古镇，人称古甏"美人泉"。如今的洋河梦之蓝美酒就是取"美人泉"水酿造的!

我在星空等你

北风萧萧，寒鸦嘶鸣。韩七巧这是第三次怀胎了。一阵急烈的狗吠声把她从梦中惊醒。她来不及穿衣，拉开门，一头扎进了家后的柴草堆里。

狗日的卢二宝，你媳妇藏哪儿了？今天夜里抓不着她，就送你去黑房，你这个破坏计划生育政策的顽固分子！

别别别，你们别拉我，我明天保证去南湖底她娘家把她带回来。你们不给计划，我们决不生育。

好，狗日的！这话可是你说的，明天下晚不见人，后天八点钟，小分队就把你家拆得家产尽绝！

又一阵急烈的狗吠声，把一伙凶神恶煞的夜巡队员送走了。韩七巧刚从柴草堆里露出头来，丈夫就从树影里钻来捂住了她的嘴，在她的耳根小声说，你等等，以防有踩脚的。东西我都收拾好了，我们逃。

家不要了？

不要了，有了人，还怕没有家？

夫妻俩在暗夜的保护下，逃到了一个三省交界的地方，夜里夫妻磨豆子，大清早丈夫沿村叫卖。

忙完一天的活儿，一轮满月在窗台前洒下柔和的清辉时，草

201

堂里的一对而立之人，洋溢着初婚时的骚动和亢奋。

韩七巧涨红着脸撒娇地冲男人说："他大，你听，孩子又在踢我的肚子呢。"卢二宝把胡子拉碴的脸贴在媳妇白嫩柔滑的肚皮上，静静地倾听着胎儿的蠕动，乐哈哈地说："这小东西在肚子里还翻跟头呢。"

七巧欢心伴着辛苦，十月终于分娩。虽说是女孩，却给这个租住的山角小院增添了少有欢乐。

孩子生在杏花三月，就娶名杏花。

来到新世界的杏花成了他俩手中的珍珠宝贝。天热了怕晒，天冷了怕冻，捧在手里怕掉，含在口里又担心化了。杏花就成了两口子的命根子。

时间一晃，几年过去了，杏花快到上学的年龄了。夫妻俩担上行李，韩七巧让杏花骑在自己的脖子上，一家三口，大摇大摆地进了村。卢二宝在自家的废墟上重建了两间草房。

杏花要上学了，韩七巧有些舍不得，眼泪扑簌簌地落下来。女儿离了眼，她就觉得自己的一颗心离身了，满心凄惶，无所适从。于是，她每天送女儿上学后，就站在学校的大门前，目不转睛地瞅着女儿上课的那间教室，天天如此，风雨无阻。

杏花初中了，她更不放心，还要跟着女儿去。

杏花就笑着对妈说："我都这么大了，自己能料理好自己，不需要妈妈再跟着呢，哪有妈妈跟着女儿上学的，惹同学们笑话。"她听了杏花的话，心就凉了半截，立时就哭哭啼啼地说："你这死丫头，你翅膀还没硬实了，就嫌弃妈了？看妈不顺眼。"

她气得两顿饭没吃，杏花实在拗不过，只得答应。她见闺女答应，高兴得破涕为笑，晚上吃了满满三大碗菜稀饭，把一天没吃的饭都补齐了。

杏花看着她狼吞虎咽的吃相，心里就不由得涌出一股酸楚，泪水就溢满了眼眶。

开学了，她们在中学旁的一家农户租了房子住了下来。

杏花每天和她同吃同住，她还不放心，照例每天跑一趟学校。有一回她看穿着同样校服的一帮女孩在操场上嬉闹，一个和杏花长相差不多的女孩跌倒在地，她失了魂一般疯跑过去："杏儿，我的乖，你慢点，你没跌着啊？"门卫认为她是个疯子，把她轰走了。杏花看着母亲的样子，内心深处涌出一种说不清、道不明，既怜悯又憎恨的情绪来。

每当同学们从窗口看见她，就指指点点讥笑着说："看，快看杏花的疯妈又来了。"羞得杏花满脸绯红，不敢抬头。

杏花劝韩七巧说："妈妈，你再不要到校门口探望我了，上学的孩子多了去，人家父母谁像你这样啦？你这样对我不好，你这样叫我在同学面前抬不起头啊！"

"哟，死丫头，都说女儿是妈的贴心小棉袄，你怎么不理解做妈的苦心哩！"说着泪珠儿就扑棱棱地滚落下来。杏花看着满面沧桑的母亲，一颗心又不由自主地软了下来。唉，同学们嘲笑就嘲笑吧，反正这也成了公开的秘密，谁让自己摊上这样的妈呢？

杏花觉得母亲的这份爱，就像泰山，压得自己喘不过气来。她想，中考自己如能考上离家远一点儿的学校读书，也许能摆脱母亲这份过分的爱。

中考录取成绩下来了，杏花分数特高。若能上县中，将来一定能心随意愿考上一所不错的大学。可是杏花想想，还是不行。县城离家不远，倔强的妈妈还会跟着自己的。杏花决定上省城中专。

杏花来到新学校，新的环境，新的学习氛围，很快就冲淡了她初中时的不快。

宿舍里、校园里，时常会听到她与同学们银铃般的欢声笑语。

大雪节气刚过，天气忽转，北风夹着零星的雪片漫天旋转。课间，杏花望着窗外东一头西一头乱撞的雪片，正为一道数学难题冥思苦想，突然门口喇叭里叫唤着，卢杏花有份电报。她丢下课本直奔门外。一看电报是家里打来的，她急忙拆开："妈妈病危，速回!"杏花慌乱地口头请了假，一路狂跑，直奔车站，乘上了回泗县的班车。到了泗县又转乘公交车到泗城，下车就徒步往湖底的家走去。

天空的雪花像鬼魂，一会儿不知栽到哪里去了，西天出现一片铅灰色的亮光。杏花一阵阵紧赶，来到了湖底的岔道口。

火光一闪，亮光中露出一张驴屎黑脸来。黑脸眼皮一挤一挤，右腮帮上一颗大黑痣，黑痣上挂着几根黑毛，身边躺着一个沾满泥巴的蛇皮袋，他正蹲在道边的土堆上点着一堆枯芦苇，烤着湿鞋子。显然他是在哪儿干过粗活归来的出力人。

这里前不靠村，后不着店，属荒野芦壑。一大片枯萎的芦苇，东倒西歪。杏花一门心思急着往家赶。她走得快，那人也快；她走得慢，他也放慢了脚步。她隐约听到耳边传来"刺啦刺啦"的裤腿摩擦的声音。

一只野猫从苇地里蹿出来，杏花吓得打了个激灵。就在这时，杏花突然闻到一股奇臭无比的烟臭，刹那间自己就被拖进了芦苇地里。杏花想喊，喉咙被卡住了，喊不出声。她使尽全身力气挣扎，不一会儿，自己就感觉掉进了十八层地狱，黑咕隆咚，她失去了知觉……

当她感觉到自己浑身颤抖的时候，早已是四野漆黑，漫天的星星向她射来冰冷的寒光。杏花木愣愣的，她知道自己遭遇了什么。

她不哭，也不喊，只是死了一般，躺在漫天的星光下，指间捏着一根芦梗，搓来搓去。一颗流星拉着一条长长的亮尾巴隐落在湖堤的那一端。她知道，这是人间又有一人进了天国了。啊，这漫天的星星多么美丽！要是脱离了世俗的尘埃，把自己融入这片星空，这该是一个多美好的归宿啊！

仁慈的父亲佝偻着的背影在眼前摇晃，母亲的呼唤："闺女，你快回来啊，妈等不及啦！"

啊，我不能在这片乌蓝的天国里等妈妈，要是去这片天国，我得伴着妈妈一起去。

"妈妈！"

杏花咬紧牙关，穿好衣服，顾不得身体的疼痛，向家的方向奔去。

到了家门口，她"扑通"一声摔倒了，头磕在门板上，再一次失去了知觉。

韩七巧心里有数，她估计女儿接到电报一定会回来，吃过晚饭，她装睡了。卢二宝已经鼾声连连。黑暗中，她突然听到门响，就麻利地披着棉衣去开门。灯光下，女儿躺在门前，一动不动，头上撞了个血包，面色惨白。她乱了神，哭喊着："花儿啊，你醒醒啊！"二宝听到声音，以为是做梦，他用力张开双眼，一听老婆在哭喊，心里暗骂道，这苦×养的，又在作死想闺女了！就一翻身，下了床来。当看到倒在地上的女儿时，他才疯了一般，背上女儿向医院狂奔而去。

第二天，杏花睁开了眼睛。她看到父母一边一个趴在自己的病床头，便哇啦啦地大哭起来。韩七巧连忙抱起杏花。杏花哭了一会儿，醒过神来，一把把母亲推到一边，奇怪地问："你……你……你不是病危了吗？怎么是……是我躺在医院啊？"

卢二宝如梦初醒，骂道："原来女儿黑夜归来，是你杀千刀的鬼主意。"

他再也压制不了心中的怒火，朝韩七巧脸上捆了两个耳光，边打边骂："你这老东西，你病危了，还不快死，我还等着送你去火葬场哩。"

"呜呜，我实在想闺女呀，我没有办法控制自己啊，你打吧，打死我也好，我就闭眼了，也不知道想闺女啦。呜呜……"她抱着木讷的女儿哭诉着……

杏花看到父亲满脸沧桑，紧锁的眉头如一把乱丝，紧紧贴在脑门上，心又变得软弱下来！可怜的妈妈，毕竟几个月没有见到我了！

回到学校的杏花，往往被那不幸的噩梦所缠绕，心里的憋屈和伤害，使她无法进入学习状态。老师见到杏花如此情景，感到很是不解，找她谈心，她除了哭还是哭，她的痛苦能和谁诉说？她想到母亲对自己过分的爱，她不能去责备母亲。她想把事情告诉老师，通过法律来维护自己的尊严，可人言背后隐藏着的是什么啊？就是抓着那个奸人，自己也要在唾沫星子里游泳一辈子！那苦熬的父亲，知道真相了，还能活下去吗？这一切的一切……唉，自己只有把这杯苦酒硬喝下去了，这杯苦酒只呛得她肝肠寸断。

成绩大幅下滑，杏花再也不能坚持把书读下去了。

她辍学了。

回家后，杏花白日不言不语，一阵接着一阵嘘叹，黑夜噩梦连连。她梦见被狼扑倒在地，自己在一阵剧烈的惊悸中惊醒过来。红润的脸庞憔悴得不成样子。卢二宝看着女儿的模样，心凉如冰，不时唉声叹气。

韩七巧更是心碎如割。她日思暮想，几经介绍，终于把杏花介绍给了曹码头一个叫曹栓子的小伙。曹栓子很爱杏花，订婚的那一天，曹栓子把一柄泛着绿光的发簪插在杏花的头上，后退两步，目光爱慕地欣赏着杏花说，你就是我心里的那朵带露的杏花！

杏花拔下簪子看了看说，很贵重的啊！

曹栓子说，是我爸给我的，说是让我留着，哪天看上中意的媳妇了，就把它插在她的发髻里。说是明朝的物件呢，应该值些钱的。

杏花笑笑说，你家有明朝的物件，应该是很有钱的人家吧。再说了，你爸还没见过我，他就没个意见？

曹栓子笑笑说，我爸前两年曾和一些人倒腾过古物。这一出去都一年多没回来了。我的事他不管。再说，我们这地方哪兴老爹爹看儿媳妇的？

一句话说得杏花红起脸来。

阳光似乎又照到了这朵折了一叶花瓣的花朵上了，杏花感觉心底有丝丝热气往上冒，她拿出日记本来，继续把自己的心，倾诉给一页页白纸。

很快，两家择定了婚娶的日子。韩七巧看着女儿的婚期一天天逼近，生怕女儿这一出嫁再也见不到了，她那张苍白圆肿的脸，哭得就像水里泡涨了的黄豆。

一阵鞭炮响过，杏花的婚车到了曹家的门上。曹家院子屋里屋外灯火通明，全福奶奶手里拿着红纸捻，伴娘簇拥着杏花到堂屋准备行受拜礼。知客老爷亮起嗓门，大声叫道，喜老爹喜老奶准备受头了！从外面刚赶回家来不久的喜老爹，被闹喜的人戴上红高帽子，满脸涂满了黑灰。此时，他答应拿出六条喜烟的条件，闹喜的人才取了他的高帽，放他去洗脸净面。

白亮亮的灯光下，杏花浑身突然不寒而栗，显现在她面前的是一张驴屎黑脸，搓边眼皮，右腮黑痣上挂着几根黑毛的家伙。杏花起先怀疑自己产生了幻觉，就轻轻地闭上眼睛，摇了摇头。可等她再一次睁开眼睛的时候，自己的眼睛没有欺骗她！她一下子感到自己如一根轻轻的羽毛，一失脚，便跌进了无底的黑洞中去了。

等她再一次醒来的时候，憎恨、恐惧、伤心，一起涌上了心头。她再也压制不住自己了，拔下头上的玉簪，哇的一声向驴屎黑脸扑了过去。

不得了啦，新娘子精神有毛病。快拉住她！

驴屎黑脸一时瘫倒在地，浑身颤抖不止。

一帮人上去按住杏花，夺下了她手里的玉簪子。

人散夜沉，杏花如一根枯木，死了一般躺在了婚床上。曹栓子醉醺醺地喘着粗气，亡命地抱起了床上的杏花……

第二天，曹家逃走了两个人，一个是杏花，一个是曹栓子的爸，驴屎黑脸曹下践。

两天之后，一队警车停在了湖底的岔道口，警察翻开杏花日记的最后一页，上面字字血声声泪地写道：妈妈，这里是我告别人间的终点，也是走向另一个世界的起点。我从这里走向那美丽而洁净的星空，我在星空等你……

几天后，警方根据死者杏花的日记记录，又根据文物部门对那柄玉簪的鉴定，确定，两年前盗窃明代王陵的一伙盗墓贼，其中之一就是驴屎黑脸——曹下践。

曹下践以强奸罪、盗窃国家文物罪被网上通缉。

图书在版编目（CIP）数据

何时梅开 / 王英著. -- 北京：中国文史出版社，
2024. 12. --（跨度小说文库）. -- ISBN 978-7-5205
-4891-5

Ⅰ. I247.7

中国国家版本馆 CIP 数据核字第 2024A4K275 号

责任编辑：薛媛媛

出版发行：**中国文史出版社**

社　　址：北京市海淀区西八里庄路 69 号院　　邮编：100142

电　　话：010-81136606　81136602　81136603（发行部）

传　　真：010-81136655

印　　装：廊坊市海涛印刷有限公司

经　　销：全国新华书店

开　　本：720×1020　1/16

印　　张：13.75　　　字数：155 千字

版　　次：2024 年 12 月第 1 版

印　　次：2024 年 12 月第 1 次印刷

定　　价：53.80 元